Die Hand, die dich hält

Petra Martin

Das Buch:

Ein Buch über Liebe, Veränderung und das Vertrauen in den eigenen Weg

Eileen hat endlich den Mut, sich von ihrem Mann zu trennen, dessen Herz einer anderen gehört. Ihre Zukunft ist ungewiss, doch sie erkämpft sich ihre Gesundheit zurück und findet einen Beruf, der ihre Berufung ist. Als sie sich auf eine neue Liebe einlässt, scheint ihr Glück perfekt. Doch bald muss sie feststellen, dass ihre neue Beziehung auf Lügen aufgebaut ist. Was stimmt nicht mit dem Mann, der ihr Vertrauen missbraucht und sie mit sich ins Verderben zu stürzen droht? Schafft sie es, sich selbst zu retten? Und wann vergibt man eine zweite Chance?

Die Autorin:

Petra Martin, Jahrgang 1971, gebürtig aus Niedersachsen, wo sie auch heute mit Mann, Tochter und zwei Hunden lebt, führt mit subtiler Spannung durch große Gefühle und dramatische Lebenssituationen.

„Die Hand, die dich hält“ ist nach „Kein Blick zurück“ und „Ein Schritt zu mir“ ihr dritter Roman.

Der Autorin geht es in ihren Büchern darum, zu sich selbst zu stehen und trotz Widrigkeiten nicht aufzugeben. Für einen Neubeginn bereit zu sein, und manchmal auch für eine zweite Chance.

Die Hand, die dich hält

Roman

von

Petra Martin

Handlungen und Personen des Romans sind frei erfunden. Ähnlichkeiten mit lebenden und toten Personen sind rein zufällig und nicht beabsichtigt.

1. Auflage, 2025

Haagematten 29, 38547 Calberlah
petra.martin@gmx.com
www.petramartin-autorin.de

Coverdesign: Agency of Authors, www.agency-of-authors.de

Lektorat und Korrektorat: Lara Hofmann, larahofmann.com

ISBN 978-3-9826413-3-1 (E-Book)
ISBN 978-3-9826413-4-8 (Taschenbuch)
ISBN 978-3-9826413-5-5 (Hardcover)

Für Eva

Das Leben gibt jedem
eine zweite Chance.
Sie heißt morgen.

Aussprache

Der letzte Tag ihrer Reha war angebrochen, und Eileen hatte die halbe Nacht wach im Bett gelegen, als sie den Kampf gegen ihre Schlaflosigkeit schließlich aufgab. Ihr Wecker zeigte kurz vor fünf, als sie sich vorsichtig aus dem Bett schälte, um Moritz nicht zu wecken. Doch sein Schlaf war tief und fest, nicht einmal die Krücke, die ihr aus der Hand rutschte und mit lautem Scheppern aufschlug, konnte ihn in seiner Seelenruhe stören. Sie unterdrückte ein Fluchen, während sie sich auf dem Boden niederließ, um nach dem verhassten Hilfsmittel zu greifen. Ein Frösteln umfing sie. Die Heizung war noch nicht hochgefahren. Doch im warmen Bett und neben Moritz' ruhigen Atemzügen hielt sie es einfach nicht mehr aus. Zum Glück brauchte sie die Krücken nur noch selten, doch morgens gaben sie ihr eine Extraportion Sicherheit. Sie kam richtig ins Schwitzen, als sie sich hochrappelte, doch endlich stand sie sicher auf ihren Beinen. Der Weg in den Flur klappte ohne weitere Zwischenfälle, und sie schloss leise die Tür hinter sich und ging in die Küche.

Eine Tasse Matcha-Tee war ein perfekter Start in den Tag, fand sie. Während sie den Tee ziehen ließ, begannen ihre Gedanken zu kreisen. Sie musste sich eingestehen, dass sie die Besserung vor allem ihrem Physiotherapeuten verdankte, der sie während der Reha von Anfang an zu Höchstleistungen angestachelt hatte. Schnell verdrängte sie den Gedanken, dass sie Simon heute das letzte Mal sehen würde. Sie war mit seiner Hilfe in den vier Wochen über sich hinausgewachsen. Er hatte vom ersten Tag an an sie geglaubt und daran, dass sie wieder ganz gesund werden konnte. Das hatte sie in ihrem Willen zu kämpfen nochmals gestärkt. ‚Ganz im Gegensatz zu ihrem Mann', dachte sie traurig. Er hatte sie bereits beim ersten kleinen Hindernis aufgegeben und erst wieder zu ihr gestanden, als die Besserung schon längst für alle sichtbar war. Sie seufzte, als sie an die vergangenen Wochen dachte. An die vielen Streits und Unstimmigkeiten, die ihr Familienleben belastet hatten. Die Hochstimmung, dass Moritz nach dem ganzen Drama im Sommer zu ihr zurückgekehrt war, hatte sich längst ins Gegenteil verkehrt. Die Gedanken an ihre ungeklärte Situation raubten ihr so manche Stunde Schlaf, und auch Lukas war viel unruhiger als sonst und brauchte länger, um einzuschlafen. Ihr tapferer Sohn, den sie diese Nacht bei seinen besten Freunden aus der Kita untergebracht hatte. Wie würde es bloß mit ihrer Familie weitergehen? Immer, wenn sie das Gespräch darauf brachte, entzog sich Moritz einer klaren Aussage. Sie mussten das endlich einmal miteinander besprechen, und zwar endgültig.

Ihr Tee war fertig, und sie genoss den ersten süßlich-würzigen Schluck, der sie innerlich wärmte. Nicht einmal in ihren Vorlieben waren Moritz und sie sich einig. Er hasste grünen Tee genauso wie ihren Faible für Gesundheitsthemen. Wieder einmal fragte sie sich, was sie beide eigentlich noch miteinander verband außer ihrem gemeinsamen Sohn und Moritz' Bewunderung für ihren Heldenmut, die mehr und mehr verblasste und in Mitleid umschlug.

Diese Gedanken brachten sie nicht weiter. Ärgerlich schob sie sie beiseite und rief die Nachrichten-App der Tageszeitung auf ihrem Tablet auf, um sich abzulenken. Dann bereitete sie ihr Frischkornmüsli zu und nahm alles mit ins Wohnzimmer. Sie konnte den herrlichen Sonnenaufgang wunderbar durch die große Terrassentür beobachten. Das warme Orange, mit dem die Sonne langsam am Horizont aufstieg, bremste ihr Gedankenkarussell und ein friedliches Gefühl breitete sich in ihr aus.

„Du hast schon gefrühstückt?"

Eileen rappelte sich aus ihrer bequemen Liegeposition auf und setzte sich aufrecht hin, die flauschig weiche Decke behielt sie um sich geschlungen. „Ja. Guten Morgen!" Erst als sie ihm ins Gesicht sah, merkte sie, dass er mehr verärgert als enttäuscht war. Sie spürte, dass ihre Muskeln sich verspannten. Versuchte, ihre Frustration herunterzuschlucken, dass sie ihm nichts recht machen konnte. Sie brauchte einen guten Einstieg in das Gespräch, das sie mit ihm führen wollte.

Eileen wartete ab, bis Moritz sich ihr gegenüber in den Sessel gesetzt hatte. Schweigend aß er sein Salami-Toast und pustete in seinen heißen Kaffee, während sie überlegte, wie sie beginnen sollte. Er nahm ihr den Einstieg ab.

„Es gefällt mir nicht, dass Lukas schon wieder bei Schneiders übernachtet."

Das war ihr Stichwort, sie straffte sich. „Das hat auch seinen guten Grund." Sie sah ihm direkt ins Gesicht. „Moritz, wir beide müssen reden."

Sein genervtes Gesicht ärgerte sie und sie musste es gleich kommentieren. „Du brauchst gar nicht so zu schauen, dafür gibt es nie den passenden Zeitpunkt."

„Mensch Eileen, es ist sieben Uhr morgens und du musst bald zur Reha. Willst du dir den letzten Tag dort versauen?"

„Ich werde erst in anderthalb Stunden abgeholt. Also ist noch genügend Zeit, um darüber zu sprechen, wo wir beide stehen."

„Eileen, du weißt, dass ich solche Gespräche nicht mag. Was soll das auch bringen? Oder willst du mir etwa sagen, dass du mich durch deinen neuen Verehrer ersetzen willst?“

„Lass Simon aus dem Spiel, um ihn geht es doch gar nicht. Er ist mein Physiotherapeut, nicht mehr und nicht weniger. Und die Reha ist ja bald vorbei. Aber wo du es selbst ansprichst: Im Gegensatz zu dir hat er mir den Rücken gestärkt, als ich es am meisten brauchte. Du hast mir einen Neuanfang versprochen. Aber ich bin mir nicht sicher, ob es dir damit wirklich ernst war.“

„Worauf willst du hinaus?“ Sein Ton wurde lauter, und in seiner Erregung hätte er fast seine Tasse umgekippt. Sein Blick verfinsterte sich und seine Augen wurden zu schmalen Schlitzen. „Ich helfe dir seit Monaten, falls du es vergessen hast. Ich ertrage deine Launen und deine Stimmungsschwankungen seit dem Unfall. Und ich bin trotzdem bei dir geblieben, obwohl es vor deiner Reha wochenlang so gar nicht voranging mit deiner Gesundheit. Aber das ist für dich offenbar alles selbstverständlich!“ Die letzten Worte schrie er fast.

Je heftiger Moritz reagierte, desto ruhiger wurde Eileen. „Warum eigentlich? Ich meine, warum bist du noch bei mir?“

Er sah sie an, als hätte sie den Verstand verloren. „Weil du meine Frau bist. Und Lukas und ich deine Familie sind. Und du mich brauchst und ohne mich ja wohl kaum zurechtkämst.“

So sah er das also, sie hatte es geahnt. Jetzt war es zumindest mal ausgesprochen. Es kränkte sie, sie konnte dieses Gefühl nur schwer verdrängen. „Also nur aus Mitleid?“

Jetzt hielt ihn nichts mehr im Sessel. Mit hochrotem Gesicht blickte er auf sie herab. „Du verdrehst einem wirklich das Wort im Munde. Natürlich tut es mir leid, was mit dir passiert ist. Warum musst du immer alles zerreden? Mir reicht dieses

Gespräch jedenfalls, ich muss arbeiten. Du wirst ja ohnehin abgeholt. Schönen Tag noch." Die Tür zum Arbeitszimmer knallte er etwas zu laut zu.

Fassungslos sah Eileen ihm hinterher. Froh darüber, dass Lukas bei Max und Nele übernachtete. Und dass Annalena ihr das auch für die nächste Nacht vorgeschlagen hatte, damit die Kids zusammen Halloween feiern konnten. Dieses Angebot würde sie annehmen, denn das letzte Wort zu diesem Thema war noch längst nicht gesprochen, auch wenn Moritz den Tatsachen nur allzu gerne auswich. Ihr graute jetzt schon vor dem Abend zu zweit mit ihm, als sie ins Bad ging, um sich fertig zu machen.

Der Tag war angefüllt mit Terminen. Mittlerweile kannte Eileen die meisten Leute in der ambulanten Rehaklinik, auch wenn sie keine konstante Gruppe bildeten. Und so kam sie von einem Gespräch ins nächste, als sie die Kurse und Therapiegespräche wechselte. Ihr Abschlussgespräch verlief auch positiv, sie war auf einem guten Weg der Genesung. Weiteres würde sie mit ihrem Orthopäden vor Ort besprechen müssen. Eileen dachte besorgt daran, dass sie erst Monate später einen Facharzttermin hatte ergattern können.

Nun war ihre letzte Stunde in der Reha angebrochen. Eileen gestand sich ein, dass sie ein wenig aufgeregt war, als sie auf der Toilette ihr Make-up auffrischte. Sie öffnete die Tür zum Gymnastikraum, und Simons warmes Lächeln brachte eine Seite in ihr zum Klingen.

„Schön, dich zu sehen, Eileen! Kaum zu glauben, dass heute deine letzte Stunde bei uns ist."

Es klang fast bedauernd und trieb Eileen ein Lächeln ins Gesicht. „Hallo Simon! Ja, die Zeit ging wirklich schnell herum. Dann will ich zum Abschluss noch mal alles geben.“

Er machte es ihr tatsächlich nicht leicht mit den Übungen, kitzelte auf den letzten Metern noch das Äußerste aus ihr heraus. Endlich war es geschafft. Schnaufend und schwitzend gönnte sie sich eine Verschnaufpause auf der Bank.

Er setzte sich zu ihr, sein anerkennender Blick entschädigte sie für die Strapazen. „Du warst großartig! Den Rest wirst du allein schaffen. Warte, ich habe etwas für dich.“

„Echt? Ich auch für dich.“ Sie griff in ihre Sporttasche neben der Bank und reichte ihm eine Pralinenschachtel. „Danke für alles!“

„Mmh, lecker Nougat aus Montélimar. Vielen Dank! Da bekomme ich glatt Fernweh.“

Eileen war begeistert gewesen, als sie festgestellt hatten, dass sie beide große Frankreich-Fans waren und er nahezu fließend Französisch sprach. Nun griff auch er in seine Tasche und reichte ihr ein wenig verlegen sein in mintfarbenes Papier verpacktes Geschenk. Erfreut nahm sie es entgegen, es passte genau in ihre Hand. Sie war ganz erstaunt, wie schwer es sich für seine Größe anfühlte.

„Pack es aus“, forderte er sie grinsend auf. „Ich schätze, ich muss es dir erklären.“

Sie wurde noch neugieriger und wickelte das Päckchen umso schneller aus. Und hielt kurz darauf eine bronzene weibliche Figur mit Schwert und Schild in der Hand. Fragend sah sie ihn an. Es war wirklich nicht das übliche Abschiedsgeschenk, das musste sie zugeben.

„Diese Athena-Figur bist du für mich. Ich habe noch nie jemanden so kämpfen sehen und sie soll dich immer daran erinnern, wie stark du bist!"

Eileen fühlte ein warmes Gefühl in sich aufsteigen und sie musste eine Träne wegdrücken. „Vielen Dank." Ihre Stimme klang ganz rau. „Das bedeutet mir sehr viel, was du da sagst!" Sie hatte schon lange nicht mehr etwas so Nettes und Aufbauendes gehört, schon gar nicht von ihrem Mann. Simon schien das anders zu sehen. Er sah sie als die Frau, die sie mittlerweile geworden war, stark, mutig und kompetent. Sie gab ihm die Hand. „Danke für alles, Simon! Ich habe mich sehr gefreut, dass wir uns kennengelernt haben!"

Sein Händedruck war warm und fest, am liebsten hätte sie seine Hand länger gehalten. Eileen überspielte ihre Verlegenheit und ließ schnell wieder los. Sie nickte ihm zum Abschied freundlich zu.

„Warte, fast hätte ich es vergessen!" Er zog eine Visitenkarte aus seinem Portemonnaie und reichte sie ihr. „Das habe ich dir doch versprochen. Bei dem Ärztemangel kann das vielleicht hilfreich sein."

‚Dr. med. Daniele Steiner' las Eileen auf der Karte. Er hatte seine Praxis in der Region Braunschweig. Da würde sie mit den Öffentlichen schon hinkommen. Eileen konnte ihr Glück gar nicht fassen.

„Daniele ist ein guter Freund von mir. Schweizer, den es irgendwie nach Norddeutschland verschlagen hat. Ursprünglich ist er Orthopäde, aber die Osteopathie ist seine Leidenschaft. Ich bin sicher, dass er dir helfen kann. Bestell ihm einfach einen schönen Gruß von mir, dann klappt es schon mit einem Termin." Und mit einem Lächeln fügte er hinzu: „Und vielleicht sieht man sich bei ihm in der Praxis einmal wieder. Ich arbeite dort öfter, wenn Patienten einen Physiotherapeuten brauchen."

„Das würde mich wirklich sehr freuen!"

„Mich auch." Ihre Augen trafen sich. „Aber ich schätze, du musst jetzt los."

Ein Blick auf die Uhr zeigte ihr, dass sie sich tatsächlich beeilen sollte, um den nächsten Bus noch zu erwischen. Gott sei Dank war sie nicht mehr allzu langsam unterwegs, nicht einmal mit Sporttasche und ihren Krücken unter dem Arm. Bevor sie zur Tür hinausging, winkte sie ihm zum Abschied noch mal zu und strahlte dabei über das ganze Gesicht. Ihr breites Lächeln blieb und war offenbar für die anderen Passanten regelrecht ansteckend. Viele lächelten ebenso herzlich zurück. Eine warme Woge Glück umgab sie und füllte sie mit einem Gefühl von Stärke. Was sollte sie heute noch erschüttern?

Doch damit täuschte sie sich gewaltig. Ihre gute Laune hielt Moritz' schlechter Stimmung keine fünf Minuten stand. „Das hättest du ruhig mit mir abstimmen können, dass Lukas bis morgen Abend bei Max und Nele bleibt. Annalena denkt mittlerweile mit Sicherheit, dass wir Lukas wegen deiner Krankengeschichte total vernachlässigen."

Eileen zählte innerlich bis zehn. Sie hatte das Gefühl, gleich zu explodieren. „Das denkt Annalena ganz sicher nicht, sie hat es mir ja sogar angeboten. Die Kids sollen einfach zusammen Spaß an Halloween haben, was ist denn schon dabei?!"

Moritz wusste doch, dass Lukas, Annalenas Zwillinge und Amandas Tochter Mia unzertrennlich waren und am liebsten keinen Tag ohne einander verbringen wollten.

„Das läuft mir zu einseitig." Kritisch sah er sie an. „Wir sollten dringend auch einmal anbieten, dass alle vier bei uns eine

Übernachtungsparty machen. Aber wahrscheinlich bist du damit noch überfordert."

Einatmen, ausatmen, einatmen, wieder ausatmen. Nicht schreien. Es kostete Eileen schier unendliche Überwindung, sachlich zu bleiben. „Ich habe gerade eine ziemlich anstrengende Reha beendet und Annalena versteht sehr gut, dass ich mich am morgigen Feiertag ein wenig ausruhen möchte. Und nein, ich fühle mich nicht überfordert, wenn die Kids mal alle zu uns kommen. Warum sollte ich? Außerdem würde ich unser Gespräch von heute Früh gerne fortsetzen – und diesmal bitte in Ruhe."

Moritz verschränkte sofort die Arme bei ihrem Vorschlag. „Hast du den Frauen irgendetwas über uns erzählt?" Seine Stimme war leise. So wie immer, bevor er richtig sauer wurde.

Doch es half nichts, das mussten sie jetzt durchstehen. So, wie es jetzt zwischen ihnen lief, wollte sie diese Beziehung nicht länger weiterführen. „Nichts habe ich ihnen erzählt. Außer, dass wir beide ein bisschen Zeit zusammen brauchen und uns später dafür mit den Kids revanchieren werden. Wie du vielleicht weißt, neige ich nicht dazu, Privates auszuplaudern."

Eileen beschloss, dass es besser war, ihm noch ein wenig Zeit zu geben, und so packte sie Handtuch und Wechselsachen aus der Sporttasche aus, ordnete ihre Unterlagen. Dann nahm sie auf dem Sofa Platz und schenkte zwei Gläser Mineralwasser ein. Nur widerstrebend setzte sich Moritz zu ihr ins Wohnzimmer. Er wollte schon den Fernseher anschalten, doch Eileen schüttelte ernst den Kopf.

„Wie stellst du dir unser weiteres Zusammenleben jetzt eigentlich vor?", versuchte sie, ihn aus der Reserve zu locken.

Er hasste solche Gespräche, die ihr selbst so viel bedeuteten. „Na ja, wir wohnen zusammen und kümmern uns gemeinsam um Lukas."

„Ist das nicht ein bisschen wenig?"

„Das ist wohl normal so. Halt wie in den meisten Familien. Nur du willst offenbar immer mehr haben."

Eileen seufzte. Sie war ratlos. Wie bringt man seinen Mann dazu, an der Beziehung zu arbeiten und sich mehr einzubringen? Sie versuchte es diplomatisch. „Wir haben wirklich wenig Gemeinsamkeiten im Moment, das fehlt mir sehr. Das war früher anders."

„Jetzt pass mal auf, Eileen. Du erwartest ein bisschen viel nach zehn Jahren Ehe. Ich versuche, mit meinem Job die Familie zu ernähren, und du..." Er sprach nicht weiter. Aber das musste er auch nicht. Sie verstand ihn auch so.

„Ich weiß, dass ich immer alles zu früh hingeschmissen habe. Meine Jobs, meine Weiterbildungen. Und mich auf meiner Erbschaft vielleicht ein bisschen zu sehr ausgeruht habe", gab sie zu. „Doch das soll jetzt anders werden. Ich will beruflich noch mal neu beginnen. Etwas im Gesundheitsbereich, das ist mir sehr wichtig. Aber ich will auch, dass wir uns als Paar noch mal neu aufstellen. Liebevoller. Mit mehr Gemeinsamkeiten."

Moritz sagte nichts, doch sein Blick sprach Bände. Warum gab er ihr nicht wenigstens eine Chance und glaubte ihr, dass sie etwas aus ihrem Leben machen wollte? Und warum kämpfte er nicht für ihre Beziehung? Das konnte doch nicht allein ihre Aufgabe sein?

„Was findest du überhaupt noch an mir? Jetzt, wo ich vielleicht nicht mehr ganz gesund werde. Man muss schließlich nicht zusammenbleiben, wenn es gar nicht mehr passt." Jetzt war es ausgesprochen, jetzt musste doch einfach irgendetwas von ihm kommen. Sie machte sich keine Illusionen, aber ein klitzekleiner Teil in ihr hoffte dennoch, dass er ein paar gute Seiten an ihr finden würde. Doch sie wurde enttäuscht, er ging gar nicht darauf ein.

„Du willst dich tatsächlich von mir trennen, verstehe ich das richtig? Du kamst doch schon nicht alleine zurecht, als du noch gesund warst. Und mit Lukas tust du dich ja auch ziemlich schwer."

Sie zuckte zusammen, das hatte gesessen. Fassungslos starrte sie ihn an. War es komplett an ihm vorbeigegangen, dass sie sich geändert hatte? Oder wollte er sie lieber klein sehen – und klein halten? Sie spürte schmerzlich, dass es einfach keinen Sinn mehr miteinander hatte. Manchmal half einfach kein Reden mehr. Mitleid und ein Blick von oben herab waren keine Grundlage für die Art von Beziehung, die sie sich künftig wünschte.

Sie stand auf, sodass er zu ihr hochsehen musste. Ihr Blick war direkt, ihr Tonfall fest. „Ich verstehe", begann sie langsam und atmete tief durch, bevor sie weiterredete. „Nachdem du mir gerade wieder deutlich gemacht hast, wie du über mich – und uns – tatsächlich denkst, macht es für mich keinen Sinn mehr, für unsere Beziehung zu kämpfen. Eine Scheidung ist wohl das Beste für uns beide. Wir haben keine Basis mehr miteinander, das sagst du ja selbst. Und so will und kann ich nicht mehr mit dir zusammenleben. Lass uns einen Cut machen und jedem die Chance geben, sein eigenes Leben zu leben."

Er wollte schon etwas darauf erwidern, doch sie schnitt ihm das Wort ab. „Bei mir spielt kein anderer Mann eine Rolle, schmink dir das ein für alle Mal ab. Aber eine Beziehung besteht entweder aus Liebe und gegenseitigem Respekt oder sie besteht besser gar nicht. Und deine Einschätzung teile ich übrigens nicht. Ich werde allein sehr gut zurechtkommen und Lukas eine gute Mutter sein." Sie machte eine kurze Pause. Selten war sie so stark gewesen. Den nächsten Satz konnte sie ihm nicht ersparen. „Ich hatte vorgestern eine kostenlose Online-Beratung bei einem Anwalt. Er hat mir die notwendigen Schritte bei einer Scheidung aufgezeigt. Bei einer einvernehmlichen Scheidung kommen wir beide günstiger weg. Wir sollten also zusehen, dass wir uns vorher schon mit allem einig werden. Wir müssen den Tatsachen ins Auge sehen, Moritz. Es ist endgültig vorbei mit uns, das merkst du doch selbst. Wir sollten uns nicht länger etwas vormachen. Lass uns besser besprechen, wie wir trotzdem noch für Lukas gute Eltern bleiben."

Jetzt starrte er sie an. Dann stand er wortlos auf, packte hastig in seine Reisetasche, was ihm in die Finger kam. „Das war's dann wohl!", presste er hervor. Sie hörte die Haustür mit lautem Knall ins Schloss fallen und seine Autoreifen quietschten, als er viel zu schnell aus der Einfahrt fuhr. Sie war allein. Und es war alles gesagt, was ihr auf der Seele gebrannt hatte. Endlich hatte sie ihre Entscheidung getroffen, so hart sie auch sein mochte. Wie unter Trance ging sie ins Bad, um ihr Gesicht mit eiskaltem Wasser zu waschen. Es kamen keine Tränen, denn die waren längst geweint. Nun galt es, nach vorne zu schauen. Sie hatte heute allen Mut aufgebracht. Stolz nickte sie sich selbst zu. ‚Ich schaffe das.' Den festen Blick, der ihr aus dem Spiegel entgegenschaute, nahm sie sich selbst ab. Er erinnerte sie an die Augen einer Kämpferin. Da fiel ihr die kleine Bronzestatue ein, und ein kleines Lächeln huschte über ihr Gesicht. Sie fand die Figur ganz unten in ihrer Sporttasche und stellte sie fast zärtlich auf ihre Kommode. Ein merkwürdig schönes Geschenk. Aber es zeigte ihr, dass es Menschen gab, die sie in ihrer Stärke wahrnahmen, mit ihrem neuen Ich. Und etwas anderes würde sie auch nicht länger akzeptieren.

Einfach nur weg

Beim Gedanken an das Gespräch mit Eileen gab Moritz noch mal kräftig Gas, sodass der Motor aufheulte, als er den Wagen vor ihm rasant überholte. Es war tatsächlich das erste Mal in ihrer wechselhaften Beziehung, dass sie die Trennung wollte. Und sie hatte gleich bis zur Scheidung weitergedacht! Moritz war so perplex darüber gewesen, dass er erst mal Abstand brauchte. Er machte sich keine Illusion, dass hier noch etwas zu kitten war. Aber wollte er das überhaupt? Er wusste es selbst nicht genau, war sich ihrer immer sicher gewesen. Die Gefühle zwischen ihnen waren längst abgekühlt, das musste er sich eingestehen. Doch warum blieb man zusammen? Der ständige Streit zwischen ihnen tat Lukas auch nicht gut. Vielleicht war es doch besser, dass sein Sohn noch bei seinen Kita-Freunden übernachtete. Langsam verebbte seine Wut. Ihm kam in den Sinn, dass er nicht länger ziellos in der Gegend herumfahren konnte. Er musste sich überlegen, wo er die Nacht verbringen würde. Zuhause jedenfalls nicht. Es wurde schon dunkel, und es war eindeutig zu kalt, um im Auto zu schlafen. Gemeinsame Freunde wollte er nicht mit hineinziehen, ihre Dauerkrisen mussten sie ohnehin schon nerven. Stefano war mit seinem Restaurant am Limit. Außerdem hatte er als absoluter Familienmensch sowieso kein Verständnis für Moritz' wechselnde Beziehungen. Bei ihrem letzten Treffen hatten sie sich sogar gestritten. Bei seinen alten Kumpels hatte er sich länger nicht mehr gemeldet. Die früheren Kontakte waren einfach immer mehr eingeschlafen, wie es so häufig vorkam, wenn man Job und Familie hatte. Er wäre sich blöd vorgekommen, wenn er jetzt einfach vor der Tür gestanden hätte mit seiner Tasche in der Hand.

Sein Magen knurrte, erst mal etwas essen. Er steuerte das nächste Drive-in an, um sich einen Burger reinzuzwängen. Währenddessen fand er über eine Buchungs-App ein mittelklassiges Hotel in der Nähe. Die 90 Euro für eine Nacht waren happig für diese Unterkunft. Frustriert schaltete er den Fernseher ein und ließ sich berieseln, bis er trotz der durchgelegenen Matratze und lauten Zimmernachbarn neben ihm schließlich doch noch in den Schlaf fand.

Nach einem schalen Frühstück trieb er sich den Tag herum, besuchte eine kostenlose Ausstellung und das örtliche Heimatmuseum ohne wirkliches Interesse, froh darüber, dass am Feiertag überhaupt etwas offen war. Die viele freie Zeit war ungewohnt für ihn und sein Gedankenkarussell war kaum zu stoppen. Immer wieder dachte er an sein Beziehungs-Aus nach zehn Jahren Ehe. Er würde nicht um die Beziehung kämpfen, das wurde ihm immer klarer. Eileen wollte alles oder nichts, das hatte sie ihm gestern überdeutlich klargemacht. Und seine Gefühle reichten dafür einfach nicht. Er hoffte nur, dass sie mit Lukas eine vernünftige Lösung fanden. Mit trüben Gedanken fuhr er einen Imbiss an und vertrieb sich den restlichen Abend in einem Pub. Den ganzen Tag über hatte er sich schon den Kopf zerbrochen, wo er die kommende Nacht bleiben sollte. Doch er war zu keinem anderen Schluss gekommen. Es war fast Mitternacht, als er schließlich aufbrach, zurück nach Hause. Er ärgerte sich maßlos, dass seine Geschäfte gerade so schlecht liefen und er gezwungen war, das Geld zusammenzuhalten. Aber so würde er wenigstens bei seinem Sohn sein, er vermisste ihn sehr.

Vorsichtig schlich er sich ins Haus und war froh, dass Lukas und Eileen in ihren Betten lagen. Traurig betrachtete er das Halloween-Kostüm seines Sohnes, das über der Badewanne hing. Lukas hatte darin mit Sicherheit ziemlich gruselig ausgesehen, und er hatte es verpasst, ihn darin zu bewundern. Er wusste, dass Lukas sehr enttäuscht darüber war. Verdammter Beziehungsstress! Moritz musste nicht lange überlegen, wo er schlafen würde. Er rollte sich auf dem Gästebett zusammen.

Sein Wecker klingelte um halb sieben und er musste sich erst einmal sammeln. Lukas. Er musste ihn in die Kita bringen, danach würde er weitersehen.

„Papa!“ Lukas schmiss sich in seine Arme, als wäre er tagelang unterwegs gewesen. Er drückte ihn an sich.

„Guten Morgen, Lukas. Da hat dich wohl mein Wecker gleich mitgeweckt. Ich hoffe, du hattest gestern viel Spaß? Ich mache dir schnell Frühstück, dann müssen wir auch schon los. Und du berichtest mir alles von eurer Halloweenparty unterwegs, okay?“

Es war gerade noch Zeit für Dusche und Rasur, während Lukas seine Cornflakes aß. Eileen hatte nur kurz um die Ecke geguckt und festgestellt, dass er sich um Lukas kümmerte, und ihrem Sohn viel Spaß gewünscht. Danach ließ sie sich nicht mehr blicken. Moritz war nicht böse darüber.

Akzeptiere, was ist

Ihren freien Tag hatte Eileen allein verbracht, und es hatte ihr gutgetan. Sie hatte lange ausgeschlafen und sich ein Entspannungsbad gegönnt. Auch sie musste alles einmal sacken lassen. Vielleicht war es nicht fair gewesen, Moritz so sehr die Pistole auf die Brust zu setzen, doch jetzt hatte sie ihren Standpunkt klargemacht. Es tat noch immer weh, dass Moritz nicht einmal den Versuch unternommen hatte, um sie zu kämpfen. Dass es einfach keine Option für ihn war, sich für sie zu entscheiden. Nun hatte sie endgültig genug von dieser lauen Beziehung.

Eileen verbrachte den Nachmittag damit, nach einer passenden Weiterbildung zu googeln und sich gründlich zu informieren. Erinnerungen stiegen in ihr hoch, als sie eine Pause machte. Nachdenklich pustete sie ihren Tee. Sie hatte viele Monate im Ungewissen gelebt, ob sie jemals wieder für sich selbst sorgen konnte. Viele Ärzte hatten sie aufgegeben, hatten ihr gesagt, dass sie ihren Zustand inklusive Rollstuhl akzeptieren müsse. Doch sie hatte es dank alternativer Heilmethoden, einer hervorragenden Physiotherapie und ihrem unbeugsamen Willen geschafft, sich da wieder heraus zu manövrieren. Im Nachhinein waren selbst die skeptischsten Ärzte überrascht gewesen, dass so eine Heilung überhaupt möglich war. Das hatte sie geprägt – und es war ihr ein Bedürfnis, dies auch weiterzugeben. Sie wusste jetzt genau, dass sie künftig anderen Menschen in einer ähnlich schwierigen Lage helfen wollte.

Es klingelte wieder an der Tür, und sie gab den Halloween-Kids aus der Nachbarschaft mit einem Augenzwinkern Süßes –

denn mehr Saures konnte sie gerade nicht gebrauchen. Hoffentlich hatte Lukas auch so viel Spaß!

Scheinbar – denn abends brachte Annalena ihr den völlig aufgekratzten Lukas nach Hause. „Krieg' bloß keinen Schrecken, ich musste sie alle so schminken", sagte sie beschwichtigend und hielt ihr Handy mit Beweisfotos entgegen.

Eileen tat so, als würde sie sich ganz fürchterlich ängstigen, und Lukas schmiss sich lachend in ihre Arme. „Das war so toll, Mama! Zum Fasching gehe ich auch als Joker. Schau mal, was ich alles bekommen habe!" Begeistert zeigte er ihr seine Schätze an Süßigkeiten. Liebevoll strich sie ihm übers Haar. Er sah wirklich ziemlich gruselig aus. In seiner lila Hose mit dem lila Mantel, der grünen Weste und dem ganz in Weiß geschminkten Gesicht mit den schwarz umschatteten Augen und dem blutrot geschminkten Mund war er fast schon filmreif. Hoffentlich würde sie die ganze Farbe problemlos abbekommen.

Annalena winkte zum Abschied, während Eileen versuchte, ihren Sohn in Richtung Badezimmer zu schieben.

„Wo ist Papa?", fragte er, noch immer ganz euphorisch. Schließlich wollte er ihm vorher noch seine Kostümierung zeigen.

„Papa ist noch mal ausgegangen." Eileen versuchte, leichthin zu klingen, doch offenbar misslang es ihr gründlich.

Lukas hielt inne. Er verstand sofort. Schließlich hatte er schon einige Trennungen seiner Eltern mitbekommen. „Ihr habt euch wieder gestritten." Traurig sah er sie an. Es war eine Feststellung, und sie konnte nur nicken. Er war viel reifer als die meisten Kids in seinem Alter. Sie nahm ihren Sohn fest in den Arm. „Wir bekommen das schon zusammen hin, mein Schatz. Und Annalena hat genügend Fotos von euren tollen Kostümen gemacht, die musst du deinem Papa später zeigen."

Er nickte tapfer. Und mit der gesamten Kraft eines Fünfjährigen umarmte er sie zurück.

Nach einer Weile sagte sie lächelnd: „So, Lukas, nun musst du aber wirklich ins Bett, du willst doch morgen bestimmt in die Kita, um deine Freunde zu treffen? Eine Gute-Nacht-Geschichte ist noch drin."

Moritz kam spät in der Nacht nach Hause und übernachtete im Gästezimmer. Eileen hatte sich schlafend gestellt, als er leise durchs Haus schlich. Auch wenn es ihr egal hätte sein können, hatte sie häufig an ihn gedacht. Wo war er jetzt, und wie würden sie künftig in ihrer Trennungssituation leben? Jedenfalls fühlte es sich nicht richtig an, Wand an Wand zu schlafen. Wie lange mochte das gutgehen?

Sie war überrascht, dass Moritz ihren Sohn am nächsten Morgen pünktlich in die Kita brachte. Sie hatte nur kurz um die Ecke geschaut und ihm das Feld überlassen. Zumindest kümmerte er sich liebevoll um Lukas. Danach ließ er sich den restlichen Tag nicht mehr blicken, holte Lukas aber ebenso zuverlässig aus der Kita ab, wie er ihn hingebracht hatte. Erst abends trafen sie unverhofft in der Küche aufeinander. Eileen brauchte nur einen Blick auf ihn zu werfen. Sie spürte, dass es ihm richtig schlecht ging. Hatte ihm ihr Vorschlag mit der Scheidung so stark zugesetzt? Er wirkte ganz anders auf sie, irgendwie gebrochen. Doch sie traute sich nicht, ihn darauf anzusprechen.

Das Wochenende gingen sie sich so gut wie möglich aus dem Weg. Abstand war jetzt das Zauberwort, und Eileen war froh, dass Lukas sie voll und ganz in Beschlag nahm.

In den darauffolgenden Tagen hatten sie sich eingerichtet. Moritz bewohnte Gäste- und Arbeitszimmer und sie mit Lukas den Rest der Wohnung. Für die Küche hatten sie feste Zeiten vereinbart, sodass sie sich nur selten über den Weg liefen. Und dennoch wussten sie voneinander, dass der andere da war, während Lukas den Tag in der Kita verbrachte und so den familiären Spannungen zumindest zeitweise entkam. Trennung kostete mehr Kraft, wenn man es unter einem Dach durchstehen wollte. Eileen graute vor einem ganzen Trennungsjahr. Warum zog er nicht in seine Wohnung in Marienbüttel zurück? Wenn es sein musste, zurück zu Caro? Sie traute sich nicht, ihn nach dem Naheliegendsten zu fragen. Denn schließlich ging sie das nichts mehr an. Sie musste dringend ihre eigenen Dinge regeln.

‚Was für ein trübsinniger November!', dachte Eileen. Der Dauerregen und die früh einsetzende Dunkelheit reichten bereits aus, um die Stimmung nach unten zu drücken. Doch zusammen mit ihrer Wohnsituation wurde es langsam unerträglich. Beide brauchten mehr Raum, um sich mit der Trennung zu arrangieren – und den hatten sie in dieser Konstellation nicht. Das ließ alte Enttäuschungen immer wieder aufbrechen und hinderte sie beide an einem wirklichen Neuanfang.

Tapfer rissen sie sich vor Lukas zusammen, denn ihr Sohn sollte nicht noch mehr unter der ganzen Situation leiden. Lukas hatte noch nicht wirklich realisiert, dass seine Eltern die Scheidung anpeilten. Trennungen, Streits und Versöhnungen kannte er schließlich schon von seinen Eltern. Bald mussten sie mit ihm darüber reden, doch bislang hatten sie weder den Mut noch die richtigen Worte gefunden. Jeder musste erst mal selbst klarkommen, so hatten sie es vereinbart. Doch ihr Entschluss mit der Scheidung zog die Stimmung zusätzlich herunter. Ende nächsten Jahres würde es amtlich sein.

Eileen hatte feste und separate Essenszeiten vorgeschlagen, bei denen sie sich mit Lukas abwechselten. Moritz hatte das ohne zu murren akzeptiert. Er übernahm die Fahrten zur Kita und zu Lukas' Spielfreunden, solange Eileen noch nicht wieder Autofahren konnte. Dafür war es ihm wichtig, dass sie abwechselnd feste Tage hatten, an denen sie sich um ihren Sohn kümmerten und etwas mit ihm unternahmen. Dem hatte Eileen auch sofort zugestimmt. Von außen betrachtet waren sie die vorbildlichsten Eltern in einer Trennungssituation, dachte Eileen bitter. Nur einmal hatte es mächtig gescheppert, weil sie sich beide dringend im Bad fertig machen mussten. Sie hatten sich schließlich angeschrien, und Lukas war weinend auf sein Zimmer gerannt. Entsetzt hatten Eileen und Moritz sich angesehen und zu trösten versucht. Doch an diesem Morgen war Lukas untröstlich gewesen, hatte um sich geschlagen. Sie hatten ihn in der Kita entschuldigt. Seitdem war es ein ungeschriebenes Gesetz, dass sie eine weitere Situation dieser Art um jeden Preis vermeiden mussten. Es lag eine schon fast gespenstische Ruhe und Resignation zwischen ihnen, ganz anders als bei ihrer ersten Trennung anderthalb Jahre zuvor, als auch schon mal Kaffeetassen zu Bruch gingen und Türen regelmäßig zugeschlagen wurden. Eileen hatte eifrig einen Badezimmerplan aufgestellt und einen Putzplan gleich dazu. Bloß, um jeden möglichen Streit im Vorfeld zu vermeiden. Seitdem war ihnen jegliche Spontanität abhandengekommen, und sie sah an Moritz' schleichendem Gang, dass auch ihm alles mächtig aufs Gemüt drückte. Sie konnte sich beim besten Willen nicht vorstellen, dass sie so ein ganzes Trennungsjahr aushalten würde.

Umso überraschter war sie, als er einige Tage später seinen Koffer und seine Reisetaschen vom Dachboden holte und zu packen begann. Eine Weile beobachtete sie ihn aus den Augenwinkeln, bevor sie das Offensichtliche aussprach. „Du ziehst aus?“ Sie hoffte inständig, dass sie einen nüchternen Ton traf. Eigentlich hätte sie erleichtert sein müssen, dass ihre Wohnsituation endlich geklärt war. Doch sie spürte, dass genau das nicht zutraf.

„Sieht so aus, wie?“ Er sah nur kurz hoch, sein Gesicht war ganz fahl. Scheinbar ungerührt machte er weiter, doch sie hatte seine zitternden Hände bemerkt.

„Wo gehst du hin?“

„Ist das wichtig?“

Jetzt war sie bei ihm und funkelte ihn an, spürte die hektischen Flecken an ihrem Hals aufblühen. Ihre Stimme klang gepresst. „Ja, das ist schon allein um Lukas’ Willen sogar sehr wichtig!“

Sie standen sich gegenüber, sahen sich in die Augen. Doch schon bald sah er nur müde weg. „Zurück in meine alte Wohnung nach Marienbüttel. Caro ist noch bis kurz vor Weihnachten in Portugal, und dann läuft der Untermietvertrag mit ihr ohnehin aus. Es ist besser so.“

„Ja, da hast du recht“, stimmte sie ihm zu. War es ihre Stimme, die so monoton klang? Sie war verletzt. Doch sie konnte seine Trauer spüren, die noch viel tiefer ging. Und die galt nicht ihr. Moritz hatte also um Caro gekämpft. Und jetzt hatte er sie beide verloren.

Sie machte sich einen Tee, während er seine Lieblings-Kaffeetassen aus dem Schrank holte. Dabei fiel sein Blick auf ihre ausufernden Pläne, die an der Pinnwand keinen Platz mehr fanden und bereits den Kühlschrank verunzierten. „Die brauchen wir dann ja nicht mehr“, warf er zynisch ein und wollte schon einen davon abreißen.

„Stopp, die heben wir auf!" Eileen stellte sich ihm in den Weg. „Besser können wir den Beginn unseres Trennungsjahres doch gar nicht belegen."

„Kannst du es gar nicht abwarten, mich loszuwerden?"

„Lass uns einfach unser Leiden nicht noch künstlich verlängern."

Ihr Blick war fest, als sie ihn ansah. Er wandte sich ab, um weiterzupacken.

Moritz musste mehrfach gehen, bis er alle Sachen im Auto verstaut hatte. Ihre Hilfe hatte er abgelehnt, und so konnte sie ihm nur dabei zusehen.

Endlich war er so weit. „Ich werde jetzt fahren", sagte er zum Abschied. „Lass uns wieder einen wöchentlichen Wechsel mit Lukas machen, wenn er es auch möchte, okay? Bis du fahren kannst, bringe ich Lukas für dich in die Kita."

„In Ordnung." Ihre Stimme klang rau.

Sie sahen sich in die Augen. Zehn gemeinsame Jahre mit einigen Ups und vielen Downs gingen nun endgültig zu Ende.

Die Tür war noch nie so leise ins Schloss gefallen.

Verloren auf ganzer Linie

Wie üblich schlug ihnen ohrenbetäubender Lärm entgegen, als sie die Tür zur Kita öffneten. Einen Tag nach Halloween hatte Moritz mit weniger Andrang gerechnet, aber weit gefehlt. Lukas konnte es wie erwartet gar nicht abwarten. Kaum hatte er Jacke und Schuhe ausgezogen, sprintete er auch schon zu seinen Spielkameraden. Moritz war sich nicht sicher, ob er sein „Viel Spaß“ überhaupt noch mitbekam. Zumindest war sein Sohn hier unbeschwert. Kurz beobachtete er ihn noch unschlüssig.

Dann sah er Annalena aus dem Büro der Kita-Leiterin kommen. Sie begrüßte ihn erst mal. „Wie schaut's, Moritz? Wir haben uns ja länger nicht gesehen.“

Er grinste schief. „So lala würde ich sagen. Wie war Halloween?“

„Hervorragend! Die Kids hatten einen riesigen Spaß!“ Sie grinste und reichte ihm ihr Handy. „Hier, die Bilder hatte ich noch nicht geschickt.“

Moritz scrollte sie durch. „Sieht wirklich nach einem tollen Halloween-Abend aus.“ Er reichte ihr das Handy zurück. „Was gibt es sonst Neues bei euch?“

„Ach, eigentlich ist alles beim Alten. Außer dass Patrick Caro gerade zum Frankfurter Flughafen fährt.“

„Sie hat Urlaub? Wie schön für sie. Wo geht es denn hin?“ Moritz versuchte, so unbeteiligt wie möglich zu klingen.

Doch er merkte, dass Annalena bei der Nachfrage nach ihrer Schwägerin vorsichtig wurde. „Nicht direkt, sie wird für längere Zeit nach Lissabon gehen. Sie ist dort eingeladen, glaube ich.“

Natürlich war beiden klar, dass sie es besser wusste, aber sie wollte ihn offenbar nicht kränken. Moritz hatte eine Ahnung, wer die Einladung ausgesprochen hatte. Er hatte mal etwas von einer Urlaubsliebelei gehört. Pedro, glaubte er, sich zu erinnern. „Na, sie hat es gut, da entkommt sie wenigstens diesem Schmuddelwetter. Ihre arme Hündin wird sie vermissen, sie ist sicher wieder bei Andy und Regina untergebracht? Vielleicht kann ich mal mit einer Gassi-Runde aushelfen."

„Nein, Zazou fliegt diesmal mit. Aber du hast recht, diesem Wetter möchte man wirklich entkommen." Sie sah auf die Uhr. „Oh nein, mein Mandantentermin! Sorry, Moritz, ich muss los. Grüß Eileen von mir!" Sie winkte zum Abschied.

Moritz musste im Auto erst mal durchschnaufen, um das Gehörte zu verarbeiten. Caro ging nach Lissabon. Für länger. So lange, dass sie selbst ihre Hündin mitnahm. Und wenn Patrick sie nach Frankfurt fuhr, war sie allein zu Besuch. Das konnte nur bedeuten, dass es etwas Ernstes war, er spürte es. Allein der Gedanke an Caro ließ sein Herz schneller schlagen. Doch sofort meldete sich sein schlechtes Gewissen. Er schob es zur Seite. Eileen hatte die Scheidung selbst vorgeschlagen. Wenn er darauf einging, war er frei! Hatte er es sich nicht genau so gewünscht? Caro war es wichtig gewesen, dass er klare Verhältnisse schaffte, sonst wären sie heute noch zusammen. Kurz dachte er an die schöne Zeit zurück, die sie miteinander hatten. Und plötzlich hatte er klar vor Augen, was zu tun war. Kurzerhand fasste er einen Entschluss. Die Flüge Frankfurt - Lissabon hatte er schnell gegoogelt. Ein Flug, um durch die Sicherheitskontrolle zu gelangen, war fix gebucht. Es war seine letzte Chance bei ihr, das hatte er im Gefühl. Und die würde er nutzen. Koste es, was es wolle – diesmal würde er um sie kämpfen!

Wie betäubt sah Moritz ihr hinterher, als Caro zum Gate ging. Es war für ihn unmöglich, es zu begreifen. Zunächst hatte alles so ausgesehen, als wäre das Glück auf seiner Seite. Er war rechtzeitig am Flughafen und durch die Sicherheitskontrolle gekommen. Er hatte sogar den richtigen Riecher gehabt mit dem Terminal und der Airline, denn Caro wäre bei ihrer Hundeliebe kein Risiko eingegangen, ihre Zazou in den Frachtraum oder das Gepäckfach geben zu müssen. Und er hatte sie tatsächlich getroffen, hatte ihr seine Liebe gestanden. Ihr gesagt, dass er nun frei war für sie, und die Trennung von Eileen endgültig. Sein Herz schlug aus dem Takt, als er die Situation wieder und wieder vor seinem inneren Auge durchlebte. Sie hatte all das gehört – und sich dennoch für den anderen entschieden. Seine Caro, verdammt! Sie hatte den Flieger nach Lissabon genommen.

Moritz hatte keine Ahnung, wie er nach Hause gekommen war, er stand vollkommen neben sich. Doch offenbar funktionierte sein Autopilot hervorragend, wenn er selbst total ausfiel. Er schaffte es sogar, Lukas rechtzeitig aus der Kita abzuholen. Schaffte es, mit ihm herumzualbern. Nur irgendwie durchhalten! Als sie zu Hause waren, hatte er keine Einwände, als Eileen Lukas' Betreuung übernahm. Er fühlte sich fertig wie noch nie, vergrub sich im Arbeitszimmer, schob einen Auftrag vor. Die nächsten Stunden saß Moritz wie eingefroren an seinem Schreibtisch. Selbst sein Atem ging ganz flach. Er fühlte sich innerlich wie ausgehöhlt. Seine Gedanken ließen nur einen Gedanken zu, und der war unerträglich: ‚Caro – ich habe sie für immer verloren!' Zur Abendbrotzeit traf er erneut auf Eileen, es war kaum zu vermeiden. Sie sah ihm sofort an, dass etwas nicht stimmte, er sah es in ihrem besorgten Blick. Er war froh, dass sie seinen schlechten Zustand wahrscheinlich auf ihre Trennung zurückführte. Doch sie sprach ihn nicht weiter dazu an.

Moritz fühlte sich in ihrem gemeinsamen Haus, als würde ihm jemand die Luft abschnüren. Und mit jedem Tag wurde ihm die Wohnsituation mit Eileen unerträglicher. Er musste sich zusammenreißen, hatte zu wenig Raum für sich und seinen Schmerz. Die meiste Zeit gingen Eileen und er sich aus dem Weg, doch auch das war schon mehr als unangenehm. Sie versuchten, zumindest vor Lukas nicht laut zu streiten, was ihnen meistens gelang.

Nach einer weiteren Woche gab er sich einen Ruck und rief Caro an. Denn so konnte es mit Eileen und ihm unter einem Dach nicht weitergehen, sie zerbrachen noch beide daran. Keine Ahnung, wie man das ein Jahr aushielt! Offiziell war Caro noch in diesem Monat Untermieterin in seiner Wohnung in Marienbüttel. Doch sie stimmte sofort zu, dass er in die Wohnung früher zurückkehrte. Warum sollte die Räumlichkeit leer stehen, wenn Moritz sie brauchte und sie selbst in Lissabon war? Sie würde Amanda Bescheid geben wegen des Wohnungsschlüssels.

Das lief unproblematischer, als er gedacht hatte. Moritz atmete auf. Zumindest das war geklärt. Er fühlte so etwas wie Erleichterung, als er seine Sachen packen konnte, um aus dem gemeinsamen Haus auszuziehen. Aber gleichzeitig zerriss es ihn innerlich, wenn er an Lukas dachte. Er würde immer sein Papa sein und ihn lieb haben, das hatte er ihm versprochen. Doch in

Wahrheit hatte er riesige Angst, dass sie künftig viel weniger Zeit miteinander verbringen würden. Dass sie sich vielleicht entfremdeten. Würde er bald nur noch der Wochenend-Papa sein und nichts mehr von seinem Alltag, seinen Sorgen und Träumen mitbekommen? Er musste einfach mit Eileen eine gute Regelung finden.

Der Umzug in seine neue alte Wohnung war schnell über die Bühne gegangen. Doch befreiter fühlte er sich nicht. Moritz' Gedanken schweiften ab. Warum hatte er sich beim Auszug nur so blöd zu Eileen verhalten? Irgendwie hatte ihn alles an ihr gestört. Doch das reichte auch in seinen Augen nicht als Entschuldigung für sein Verhalten. Zumindest merkte er es noch selbst. Er brauchte wirklich Abstand, und er brauchte seine Ruhe. Von allem. Dann würde es hoffentlich auch für ihn wieder besser werden. Das musste es auch, denn Moritz hatte die Deadline eines Auftrags gerissen, und das nun schon zum zweiten Mal. Der Kunde war zu recht sauer. ‚Reiß dich zusammen!', ermahnte er sich selbst. Doch es half nichts. Seine Konzentrationsfähigkeit war wirklich komplett im Eimer. Er starrte weiter planlos vor sich hin und brauchte dreimal so lange, bis er etwas zustande bekam. Daran änderte sich auch Tage später nichts. Was, wenn dieser Zustand anhielt? Langsam musste er sich eingestehen, dass er auf ein ernsthaftes Problem zusteuerte.

Eine Chance zu heilen

Nach endlosen, vergeblichen Anrufen beschloss Eileen, direkt zu Dr. Steiner zu fahren. Eine solche Chance würde sie sich nicht entgehen lassen und war hoffnungsvoll, als sie an der Bushaltestelle nahe seiner Praxis ausstieg.

Doch die Enttäuschung war umso größer, als die Sprechstundenhilfe sie mit bedauerndem Lächeln ablehnte. „Es tut mir wirklich leid, aber wir können keine Patienten mehr annehmen."

Was war denn hier schiefgegangen? Hatte Simon ihr etwas vorgemacht und er war in dieser Praxis doch nicht so bekannt?

Doch so schnell wollte sie nicht aufgeben. Als die Tür des Sprechzimmers aufging und Dr. Steiner einen Patienten verabschiedete, ergriff sie ihre Chance. „Herr Dr. Steiner, schöne Grüße von Simon Bender. Er meinte, ich soll mich für die weitere Behandlung umgehend bei Ihnen melden. Ich dachte, ich komme gleich nach meiner Reha bei Ihnen vorbei." Sie setzte ein strahlendes Lächeln auf.

Dr. Steiner stutzte über die Selbstverständlichkeit, mit der sie vor ihm stand. Dann lächelte er und sah sie direkt an. „In Ordnung, ich erinnere mich. Frau Wagner, richtig? Simon hatte Sie erwähnt." Seine Mitarbeiterin wies er an: „Frau Roth, nehmen Sie die Dame bitte als Patientin auf. Sie bekommen sie bestimmt noch irgendwie dazwischengeschoben."

Die Sprechstundenhilfe runzelte genervt die Stirn, doch dann nickte sie. Eileen war sich nur allzu bewusst, was Simon für sie getan hatte, als sie jetzt doch im Wartezimmer Platz nehmen konnte.

Nach eingehender Anamnese lag Eileen auf der Behandlungsliege. Dr. Steiner erklärte seine Drucktechniken genau, und sie fühlte sich gleich in den besten Händen. Der Mann verstand seinen Job.

Im anschließenden Gespräch erläuterte er ihr die weiteren Therapieschritte. Dann betrachtete er erneut ihre Röntgenbilder. „Sie haben in Ihrer Reha bessere Fortschritte gemacht, als man aus medizinischer Sicht erwarten konnte. Simon hatte mir Ihren Fall sehr ans Herz gelegt."

Eileen war froh, direkt den nächsten Termin mit ihm ausmachen zu können. Ihr war es gleich, aus welchen Gründen sie zu der Behandlung gekommen war, denn sie fühlte sich jetzt schon ein wenig besser. Nach etlichen Tipps, was sie selbst zu Hause tun konnte, war sie aus dem Praxiszimmer des freundlichen Arztes entlassen. Sie war voller Hoffnung, dass sie hier mit ihrer Gesundheit einen guten Schritt vorankommen würde.

Der Termin bei Dr. Steiner war anstrengend, und vollkommen erschöpft öffnete Eileen die Tür zum Ausgang. Sie war ganz in Gedanken an ihre Fortschritte versunken, als sie fast mit einem Mann zusammenstieß. „Tschuldigung", murmelte sie, als sie hochsah. Dunkelblonder Wuschelkopf, strahlend blaue Augen und mittlerweile ein Dreitagebart, der ihm verdammt gut stand. Ein Blick reichte aus, um ihr Herz zum Hüpfen zu bringen. „Simon, das ist ja eine Überraschung!"

„Eileen, du bist hier?" Er lachte sein vertrautes, warmes Lachen. Wie sie es vermisst hatte! „Es hätte mir klar sein müssen, dass du keine Zeit verschwendest. Wie läuft es? Und wie ist es dir seit deiner Reha ergangen?“

Ihr Strahlen sagte alles. „Es geht wirklich gut voran.“

Er schaute kurz auf die Uhr. „Spontan ist ja immer am besten und ich habe noch ein bisschen Zeit, bis meine Patientin kommt. Wollen wir unten im Bistro einen Kaffee trinken gehen? Ich lade dich ein.“

Jetzt musste sie lachen, zögerte nur kurz. Dann gab sie sich einen Ruck. Schließlich hatte sie Zeit, und sein Interesse freute sie sehr. „Gerne.“ Sie sah, dass seine Augen bei ihrer Zusage strahlten.

Als er schon den Aufzugsknopf drücken wollte, hielt sie ihn davon ab. „Wir können ruhig die Treppe nehmen, das schaffe ich mittlerweile.“

Sein anerkennender Blick nach ihrer Gehprobe bestätigte ihre Fortschritte seit der Reha.

Er bestellte am Tresen zwei Milchkaffee und sie fanden noch einen freien Tisch. Nun platzte er heraus. „Das ist richtig gut geworden! Ich wusste, dass du weiterkämpfst. Und dass du bei Daniele genau richtig bist.“

Sie nickte glücklich, als sie ihren Kaffee umrührte, den die Bedienung gebracht hatte. „Der Tipp mit Dr. Steiner war wirklich Gold wert.“ Dann grinste sie ihn an. „Deine kleine Statue hat mich immer wieder daran erinnert, weiterzumachen.“

„Dann hat sie ihren Job ja getan.“ Er zwinkerte ihr zu. „Und wie geht es dir sonst?“

Eileen wusste selbst nicht, warum ihr die Worte über die Lippen kamen, aber sie waren plötzlich raus. „Ich bin frisch getrennt.“

Besorgt sah er sie an. „Das tut mir leid.“

Doch sie schüttelte den Kopf. „Das muss es nicht. Es war längst überfällig. Und ich komme ganz gut damit klar."

Er seufzte. Sie erinnerte sich, dass er nur auf einen Kaffee Zeit hatte. Ihm stand ins Gesicht geschrieben, dass er mehr wissen wollte und eigentlich gar nicht bereit war zu gehen.

„Darf ich dich zum Essen einladen? Für den super Tipp mit Dr. Steiner möchte ich mich wenigstens revanchieren", schlug sie spontan vor. Sie war froh über ihren Einfall.

Er nickte begeistert. „Sehr gerne, das klingt gut. Wir haben uns bestimmt noch sehr viel zu erzählen."

Schnell hatten sie einen Termin in der nächsten Woche gefunden. „Magst du asiatisch? Das ‚Thai House' ist dann wirklich eine Empfehlung", schwärmte sie, als sie ihre Nummern austauschten.

„Absolut. Ich freue mich schon drauf!" Lächelnd gab er ihr die Hand zum Abschied. Dann musste er los.

Eileen sah ihm noch kurz hinterher, bevor sie sich auf den Weg zur Bushaltestelle machte, noch immer mit einem Lächeln auf den Lippen.

Die Erinnerung an die kurze Berührung, seinen warmen, festen Händedruck, fühlte sich so gut an. Ausnahmsweise verbat sie ihrem inneren Kritiker das Wort und ließ ihr Herz weiter hüpfen. Sie konnte sich nicht daran erinnern, wann sie das letzte Mal geflirtet hatte, und sie war eindeutig aus der Übung. Dennoch fühlte sich alles auf einmal unbeschreiblich leicht an. Außer Atem, aber voller Freude setzte sie sich auf einen der letzten verbliebenen Plätze im Bus nach Hause und stellte ihre Krücken neben sich ab. Heute war einfach ihr Glückstag – so sollte es weitergehen!

Noch längst nicht verarbeitet

Er war im Haus! Mon Dieu! Camille spürte es und fuhr erschrocken hoch. Kalter Angstschweiß rann ihr den Rücken herunter und ihr Herz raste. Sie traute sich kaum, zu atmen. Jetzt bloß kein Geräusch von sich geben! Sie dankte Gott, dass ihre Lieben längst abgefahren waren. Wenigstens sie waren in Sicherheit! Nur sie musste sich dem Unvermeidbaren stellen. Jetzt. Langsam und vorsichtig schälte sie sich aus dem Bett und schlich barfuß in den Flur. Wo mochte er sein – und was hatte er vor? Camille verschmolz mit den Schatten im Haus. Kaltes Mondlicht fiel durchs Fenster. Camille sah das Messer auf dem Tisch liegen, die Klinge reflektierte im Schein des Mondes. Es könnte ihre Rettung sein. War sie schnell genug, oder würde er ihr zuvorkommen? Sie streckte die Hand danach aus und bekam es zu fassen, doch es rutschte ihr durch die schweißnassen Hände. Der Aufprall von Metall auf den Dielenboden war bei der Stille ohrenbetäubend. Camille zitterte vor Angst am ganzen Körper, sie bekam es nicht mehr in den Griff. Da, der Fernseher schaltete sich ein, wie von Geisterhand. Der Polizeibericht wurde gesendet. Über ihn! Er war ausgebrochen und auf der Flucht. Es wurde vor ihm gewarnt, er war gemeingefährlich. Doch das wusste sie bereits. Sie wollte dem Commissaire zuschreien: „Helft mir, er ist bei mir im Haus! Er wird mir etwas antun! Schnell!" Doch sie brachte kein Wort heraus, als hätte sie einen Knoten im Hals. Sie blendeten sein Foto ein. Edgar! Sein verhasstes Gesicht, eine Fratze. Da spürte sie seinen Atem in ihrem Nacken. Sein aufdringlicher Moschusgeruch war unverkennbar, schlagartig erstarrte sie. Sie musste ihre gesamte Willenskraft aufbringen, um sich umzudrehen. Fuhr herum, doch er war nicht hinter ihr. Wie hatte er das gemacht? Spielte er Katz und Maus? Würde er sie quälen? Oder bildete sie sich das alles ein? War sie dabei, den Verstand zu verlieren? Sein höhnisches Lachen belehrte sie eines Besseren – und ließ in ihr das Blut gefrieren. Nein, es war keine Einbildung! Er kam auf sie zu, immer näher. Als sie das Messer in seiner Hand sah, fing sie aus voller Kehle an zu schreien. Schrie um ihr Leben.

Camille fuhr voller Panik hoch. Erst Sekunden später bemerkte sie, dass sie immer noch schrie. Beschämt klappte sie ihren Mund zu und lauschte in die Dunkelheit. Nichts, natürlich. Was hatte sie erwartet? ‚Es ist vorbei, endgültig', versuchte sie sich selbst zu beruhigen, was ihr nur mühsam gelang. Der kalte Nachtschweiß auf ihrer Haut hatte ihr Nachthemd durchtränkt und ließ sie frösteln. Sie ging zum Schrank und zog sich ein frisches über. Genauso wie in vielen Nächten zuvor. Sie atmete tief durch. Jetzt brauchte sie dringend einen Schluck Wasser. Sie ging in die Küche und hätte fast den vollen Wäscheständer umgerissen, der im Flur herumstand. In ihren Wäschekeller traute sie sich nicht mehr allein hinunter seit diesem Vorfall vor einigen Monaten.

Nie im Leben hätte Camille sich träumen lassen, dass es ihr so schwerfallen würde, in ihrem Haus allein zu wohnen. Eileen war mit Lukas und Moritz bereits vor Wochen abgereist und sie hatte gehofft, dass sie sich wieder daran gewöhnen würde. Schließlich ging es früher ja auch. Doch es wurde nicht besser. ‚Wie es ihrer Nichte gehen mochte?', schoss es ihr durch den Kopf. ‚Und Lukas?' Sie würde sie heute anrufen. Doch erst mal musste sie ihre Besorgungen machen. Sie ging zum Schuppen, um ihr Fahrrad zu holen. Ein neues, nachdem Edgar ihres in der Rhône versenkt hatte. Sie fuhr schneller als sonst. Fast, als wolle sie ihrer Angst davonradeln. Wenn sie früh genug dort war, war noch kein solches Gedränge auf dem Marktplatz. Auch dieses Unwohlsein in Menschenmengen kannte sie noch nicht lange von sich. Eilig tätigte sie ihre Einkäufe, verstaute Baguette, Wurst, Obst und Wein in ihrem Korb.

„Bonjour, Camille!"

Sie zuckte zusammen, fasste sich jedoch schnell wieder. „Maurice! Ça va? Was für eine Freude, dich zu sehen!"

„Ça va, merci. Und wie geht es dir?" Er sah sie genauer an. „Du siehst mitgenommen aus."

Camille hasste es, wenn sich andere Leute um sie Sorgen machten. Das ging ihr auch bei guten Freunden so.

„Ach was", beschwichtigte sie. „Ich habe bloß nicht so gut geschlafen." Sie konnte schlecht lügen, das sah sie an seinem Stirnrunzeln.

„Magst du heute Abend zum Essen zu uns kommen? Es gibt Tablier de Sapeur. Niemand bekommt sie so gut hin wie mein lieber Schwiegersohn!"

„Sehr gerne, vielen Dank! À plus tard." Camille winkte ihrem alten Freund zu, als sie aufs Rad stieg. Mit jedem Tritt in die Pedale ging es ihr besser. Sie würde heute Abend ein wenig Abwechslung haben. Es war immer lustig bei den Martins, und das würde ihr guttun. Doch tief im Inneren spürte sie, dass sie dringend einen größeren Tapetenwechsel brauchte.

Camille versuchte erneut, ihre Nichte zu erreichen. Sie musste lange durchklingeln, bis endlich jemand abnahm.

„Hallo?"

„Lukas, Chéri! Hier ist Camille. Wie geht es euch?"

„Tante Camille!" Sie hörte seine überschwängliche Begeisterung. Wie sie ihn vermisste!

„Hast du Spaß im Kindergarten? Du musst mir alles erzählen! Ist deine Mama auch da?"

„Im Kindergarten ist es super, Tante. Alle meine Freunde sind in meiner Gruppe. Mama schläft schon, sie ist erkältet."

„Oh nein. Sicher kümmert sich dein Papa gut um euch."

„Papa ist nicht da."

„Wo ist er denn?"

„Ich weiß nicht, Papa ist weggegangen. Sie haben sich wieder gestritten, aber anders als sonst."

Camille musste schlucken. Auch das noch! Sie versuchte, etwas Unverfängliches zu sagen, um Lukas aufzumuntern. Nach einer Weile sah sie auf die Uhr. „Ich muss leider los, Lukas. Ich bin bei Maurice eingeladen. Grüß deine Mama von mir! Wir telefonieren die Tage. Au revoir!"

Einige Stunden später radelte sie von den Martins heim. Es war ein schöner Abend gewesen, und sie hatten viel gelacht – ganz wie erwartet. Und das köstliche Essen würde sich mit Sicherheit auf ihren Hüften breitmachen. Sie grinste, denn sie war nicht sonderlich eitel. Ganz im Gegensatz zu ihrer Nichte, die sich trotz Kind ihre feenhafte Figur bewahren konnte. Wie es ihr wohl gehen mochte? Dieses ständige Auf und Ab in ihrer Beziehung musste einen ja krank machen. Sie hoffte, dass Lukas nicht zu sehr unter dem Ehedrama seiner Eltern litt. Camille machte sich Sorgen um die beiden, je länger sie darüber nachdachte.

Ganz überraschend

Der Alltag holte Eileen schnell wieder ein, als sie an Moritz' Auszug dachte. Eigentlich hatte sie so viel vorgehabt. Schließlich war jetzt mehr Raum für Spontanität, und endlich gab es keine unliebsamen Begegnungen. Dennoch waren Konzentration und Elan plötzlich wie weggeblasen. Sie hatte das Gefühl, dass eine große Leere sie verschluckte, die ihr jegliche Kraft nahm. ‚Es ist nun wirklich vorbei', dachte sie. Doch anstatt der erwarteten Tatkraft fühlte sie sich einfach nur benommen und schlapp.

Moritz brachte Lukas wie versprochen nachmittags nach Hause. Es fiel beiden schwer, ihren Sohn über die neue Situation aufzuklären, doch Lukas erfasste die Situation sofort. „Du bist wieder ausgezogen, Papa? Ist das jetzt für immer?"

Eileen kämpfte mit den Tränen, und auch Moritz war aufgewühlt. Womit konnte man ein Kind in dieser Situation tatsächlich trösten?

Sie fand zuerst die Worte. „Wir werden immer für dich da sein, mein Schatz. Das hat mit dir absolut nichts zu tun. Denn Mama und Papa haben dich ganz doll lieb, auch wenn sie nicht länger miteinander leben können."

„Das hätte ich auch nicht besser sagen können, mein Großer! Du bist immer das Wichtigste für uns beide!"

Sie saßen noch eine ganze Weile zusammen, bis es draußen ganz dunkel wurde. Moritz drückte seinen Sohn, dann erhob er sich. „Ich werde jetzt gehen. Aber morgen früh bringe ich dich zum Kindergarten." An der Tür drehte er sich noch einmal zu ihr um. Ihre Augen trafen sich. Dann wandte er sich wortlos ab und ging.

Während Eileen Abendbrot machte, fühlte sie sich ganz matt. Siedend heiß fiel ihr ein, dass sie doch eigentlich mit Simon verabredet war. Wie hatte sie das vergessen können? Sie musste nicht lange überlegen, denn das würde sie heute nicht mehr hinbekommen.

Da Simon nicht ans Telefon ging, schrieb sie ihm eine Nachricht. „Leider muss ich so kurzfristig absagen, ich fühle mich nicht gut. Tut mir leid!" Und das tat es wirklich. Sie hätte ihn gerne wiedergesehen, doch momentan hatte sie einfach anderes im Kopf.

„Hoffentlich geht es dir bald besser! Vielleicht holen wir das mal nach."

Sie gab ihm einen Daumen hoch. Moritz hätte jetzt beleidigt reagiert. Sie wusste selbst, dass Vergleiche nicht fair waren. Ja, bestimmt würden sie ihr Treffen nachholen. Sie musste niesen und ihr Hals kratzte. Das war einfach alles ein bisschen zu viel. Sie sah zu Lukas hinüber, der sich seinen Nintendo gegriffen hatte. Eileen schluckte eine Bemerkung herunter. Heute war Ausnahmetag, aber ein durchgehend missglückter. Sie würde mit ihren Vorgaben mal alle Fünfe gerade sein lassen und sich lieber richtig ausschlafen. „Lukas, putz dir bitte schon die Zähne. Dann darfst du ausnahmsweise noch ein bisschen Nintendo im Bett weiterspielen. Mir geht es nicht so gut, ich muss mich erst mal auskurieren."

Liebevoll gab sie ihm kurz darauf einen Gute-Nacht-Kuss auf die Stirn.

Das Klingeln des Telefons nahm Eileen nur am Rande wahr. Verschlafen warf sie einen Blick auf den Wecker, es war 19

Uhr, sie hatte keine Stunde geschlafen. Als sie sich endlich aufrappelte, hatte Lukas sich bereits verabschiedet.

„Ich soll dich ganz lieb von Tante Camille grüßen!“, rief er, als sie aus dem Zimmer kam.

Camille! Sie hatten längst wieder miteinander telefonieren wollen, auch das hatte sie verpeilt. Eileen wählte ihre Nummer, doch es ging niemand mehr ran.

„Sie ist jetzt weg, zu Maurice, hat sie gesagt.“

Eileen seufzte. Über Handy brauchte sie es gar nicht erst zu versuchen, ihre Tante vergaß es immer mitzunehmen. Sie würde sie morgen anrufen, ganz bestimmt.

„Hast du ihr etwas von deinem Vater und mir gesagt?“, fragte sie vorsichtig.

Lukas sah sie traurig an. „Ich habe gesagt, dass ihr euch wieder gestritten habt und Papa gegangen ist. Und dass du dich nicht gut fühlst und schon schläfst.“

Eileen nahm Lukas in den Arm. Es tat ihr alles so leid für ihn. „Das ist okay. Es wird alles wieder gut, mein Schatz! Morgen bin ich sicher wieder fit, und dein Vater und ich werden immer für dich da sein. Auch wenn wir nicht mehr zusammen sind. Vergiss das nie.“

Sie kannte ihre Tante gut genug, sie würde sich um sie Sorgen machen. Und bei dem Gedanken fühlte sich Eileen gar nicht wohl. Sie wusste nicht, wie es werden würde, denn diese Trennung war endgültig. Doch ihre Erkältung verhinderte weitere Gedanken. „Jetzt wird endgültig geschlafen, Lukas. Kein Nintendo mehr. Mal schauen, wer von uns beiden zuerst eingeschlafen ist.“ Sie würde auch wieder ins Bett zurückkehren. Morgen war auch noch ein Tag, es würde sich schon alles regeln, irgendwie.

Doch es sollte anders kommen. Als sie ihre glühende Stirn fühlte, war Eileen klar, dass sie sich das Wochenende nicht allzu viel vornehmen sollte. Und so verließ sie das Bett nur, um Lukas zu versorgen und sich um das Nötigste zu kümmern. Ihr Körper reagierte auf den Trennungsstress, indem er sie zur Ruhe zwang.

Montagmorgen. Eileen hörte nur am Rande, dass Moritz Lukas für die Kita abholte. Dann war sie auch schon wieder eingeschlafen. Sie wachte durch das Türklingeln auf. Einmal. Zweimal. Es nervte. Für den Postboten war es noch zu früh. Und Moritz hatte schließlich noch seinen Schlüssel, auch wenn sie sich keinen Grund vorstellen konnte, warum er zurückkommen sollte. Wer konnte es also sein? Bestimmt eine Nachbarin, aber konnte es so wichtig sein? Kurz überlegte sie, ob sie es einfach ignorieren sollte, doch dann klingelte es wieder. Das war aber jemand von der hartnäckigen Sorte. Sie kämpfte sich aus dem Bett. Da nahm sie draußen einen Schatten wahr. Schlich da etwa jemand um das Haus herum? Das war jetzt aber wirklich aufdringlich! Eileen öffnete die Haustür. „Hallo, was wollen Sie? Kann ich Ihnen helfen?" Es kam nicht halb so energisch heraus, wie sie es vorgehabt hatte. Und im Bademantel, den sie sich geistesgegenwärtig übergeworfen hatte, würde sie wahrscheinlich auch niemanden beeindrucken. Doch Eileen war entschlossen, demjenigen die Meinung zu geigen. Dann erinnerte sie sich, dass in der Nachbarschaft zuletzt eingebrochen worden war. Aber Einbrecher würden sich wohl kaum durch ein Klingeln ankündigen, beruhigte sie sich selbst. Und da verschlug es ihr glatt den Atem, als sie sah, wer um die Ecke bog.

Beruf kommt von Berufung

„Camille!“

Sie lagen sich in den Armen. Viel zu lange hatten sie sich nicht mehr gesehen. Und zu viel war in der Zwischenzeit passiert. „Du bist ja völlig verrückt, alles stehen und liegen zu lassen und einfach herzukommen!“

„Eileen, Liebes! Ich kann dich doch in dieser Situation nicht alleine lassen. Als hättest du nicht schon genug mitgemacht! Als Lukas von eurer erneuten Beziehungskrise erzählte, musste ich einfach sehen, wie es euch geht. Nachdem ich daheim alles geklärt hatte, habe ich sofort meine Sachen gepackt und den nächsten Zug gebucht, um bei Lukas und dir zu sein.“

„Ich freue mich so, dass du da bist. Und Lukas wird sich auch riesig freuen. Komm doch rein.“ Eileen strahlte.

Schnell hatten sie Camilles Trolley und die Taschen, die am Treppenabsatz standen, ins Haus gebracht.

„Ich mache uns erst mal einen Tee, mach es dir schon mal im Wohnzimmer gemütlich“, schlug Eileen vor.

„Ich habe ein paar Leckereien mitgebracht.“ Camille stellte selbstgebackene Kekse und den leckeren Nougat aus Montélimar auf den Tisch. Der herb frische Duft des Kräutertees und Camilles Anwesenheit weckten Eileens Lebensgeister. Es tat so gut, sich einmal alles von der Seele zu reden.

„Du kannst dich im Gästezimmer einrichten“, schlug Eileen vor. Nun war es schließlich wieder frei. „Lukas wird bald von

Moritz nach Hause gebracht. Weiß er, dass du kommen wolltest?"

„Nein, ich bin auf ganzer Linie eine Überraschung", grinste Camille.

Und damit sollte sie auch recht behalten. Lukas bestürmte Camille, als er sie sah, während zwischen den Erwachsenen eine betretene Stille eintrat.

Moritz wirkte verlegen, als er die beiden Frauen begrüßte, und er machte schnell, dass er wieder davonkam. „Bis morgen, ich komme um halb acht Lukas abholen."

Sie waren nun irgendwie wieder komplett, wenn auch in anderer Zusammensetzung. Camille übernahm ohne große Worte das Kochen, denn sie liebte es, während es für ihre Nichte nur eine lästige Pflicht war.

Als sie nach dem Essen noch gemütlich zusammensaßen und Lukas seine Spielesammlung anschleppte, sah Eileen auf die Uhr, es war fast vier Uhr.

„Wie schade, daraus wird leider nichts." Sie erhob sich. „Fast hätte ich den Infoabend heute vergessen. Ich muss leider los, es tut mir leid!" Sie überlegte kurz. „Eigentlich wollte eine Nachbarin nach Lukas schauen."

Camille winkte ab. „Das kannst du absagen, ich bin ja da."

Eileen nickte erleichtert. „Danke!" Die Nachricht an die Nachbarin war schnell geschrieben. Nun musste sie sich aber wirklich beeilen! Wie gut, dass sie sich im Vorfeld gekümmert hatte, wie man am besten mit den Öffentlichen dorthin kam. Nur fürs Zurechtmachen war jetzt keine Zeit mehr.

Camille lächelte. „Das ist doch selbstverständlich." Dann wandte sie sich an Lukas: „Was wollen wir denn zusammen spielen, hast du eine Idee? Eine Runde ‚Mensch ärgere dich nicht', oder doch lieber Karten?" Camille war ganz entspannt.

Neugierig rief sie Eileen zu, die hektisch ihre Sachen zusammensammelte: „Worum geht es bei der Veranstaltung?"

„Es ist der Infoabend der örtlichen Heilpraktikerschule, sie stellen einmal im Quartal ihre Ausbildungen vor", rief Eileen bereits aus dem Flur, während sie sich Schuhe und Jacke anzog und ihre Krücken schnappte. „Und was ich dazu gelesen habe, klang so spannend! Die Richtung könnte etwas für mich sein."

„Mama fängt immer mal was Neues an", meinte Lukas, während er alle Spiele rausholte. Es war klar, dass er diesen Spruch von seinem Vater hatte. Aber es gab Eileen einen Stich.

Dann hörte sie Lukas kichern, Camille schien ihn durchzukitzeln. „Deine Mama kämpft sich da schon durch, mein Schatz. Wenn sie erst mal das Richtige für sich gefunden hat." Aufmunternd rief sie ihrer Nichte hinterher. „Wir kommen hier hervorragend zurecht. Also los mit dir. Und viel Glück! Wir sind gespannt auf deinen Bericht."

Gerade noch rechtzeitig betrat sie das weitläufige Gebäude um Punkt 17 Uhr. Die Veranstaltung war gut ausgeschildert und sie war überrascht, wie viele Leute sich für eine Ausbildung hier interessierten. Sie nahm mit glühenden Wangen in der hintersten Reihe neben einer sympathisch aussehenden blonden Frau Platz, als es auch schon losging.

Sie wurden von der Studienleiterin begrüßt, die alle Ausbildungen der Schule zum Heilpraktiker vorstellte. Dann übernahmen die Dozenten das Wort, und es folgten spannende Vorträge von Ernährungslehre über Naturheilkunde bis zur Psychotherapie. Es folgte ein reger Austausch mit den Lehrenden. Eileen fühlte sich pudelwohl zwischen all den anderen Interessenten, die vielleicht schon bald ihre Kommilitonen auf dem Weg zur Heilpraktikerin sein würden. Es waren sogar einige Leute älter als sie selbst, und alle waren offen und freundlich. Sie hatte sich also ganz umsonst Sorgen gemacht. Eileen stellte viele Fragen, und sie fühlte sich umfassend informiert. Als zum Ende der Veranstaltung angeboten wurde, an einem Probeunterricht im Fach Psychiatrie für Heilpraktiker teilzunehmen, war sie sofort dabei. Die Ausbildung zum psychologischen Heilpraktiker fühlte sich genau richtig für sie an. Von Gesprächstherapie bis zu psychologischen Erkrankungen und deren Behandlungsverfahren war alles dabei. Mit dem Anmeldeformular, einer Handvoll Infomaterial zur Ausbildung, Buchempfehlungen und einer fast herzlichen Verabschiedung machte sie sich schließlich mit den anderen Teilnehmern auf den Heimweg. Es freute sie, dass die blonde Frau vom Anfang sich auch für die gleiche Ausbildung entschieden hatte. „Dann sehen wir uns ja bald wieder“, rief sie ihr zum Abschied zu. Die Öffentlichen erreichte Eileen mit Glück – es wurde wirklich Zeit, dass es mit dem Autofahren wieder klappte.

Es war schon nach elf, und im Haus war alles dunkel, als sie die Haustür aufschloss. Hoffentlich hatte ihre Tante Lukas gut ins Bett bekommen. Sie schloss die Tür ganz leise, legte den Schlüssel vorsichtig auf die Kommode und zog sich im Flur Jacke und Schuhe aus. Dennoch weckte sie unbeabsichtigt Camille, die im Wohnzimmer auf sie gewartet hatte. So viel Interesse war sie gar nicht mehr gewohnt.

„Wie ist es gelaufen?“ Ihre Tante richtete sich vollkommen zerzaust vom Sofa auf.

„Camille, das ist genau mein Ding. Hier, schau her!“ Begeistert legte Eileen die Broschüren auf den Tisch und berichtete ihrer Tante über den Abend, die Vorträge und Gespräche und die Probestunde. „Das war das Beste, ich hätte gleich weitermachen können."

Camille musste lachen bei so viel Euphorie.

„Psychologische Heilpraktikerin ist es also, was du machen möchtest. Das klingt wirklich toll. Und ich finde, es passt gut zu dir, so wie du es mir vorstellst."

„Zumindest zu meinem neuen Ich", grinste Eileen voller Selbsterkenntnis. „Ich kann damit anderen Menschen helfen, die auch eine schwierige Phase durchmachen. Und kann damit etwas zurückgeben."

Camille nickte und freute sich für sie. Sie verstand ihre Nichte ohne große Worte. So lange hatte sie es mit neuen Weiterbildungen und Jobs versucht, doch so richtig hatte sie nichts fesseln können. Das hier schien anders zu sein. „Wie lange dauert denn die Ausbildung?"

„Das Ganze läuft ein Jahr in Vollzeit. Wenn ich richtig Gas gebe, dann kann ich im März übernächsten Jahres die amtsärztliche Prüfung machen. Und danach will ich noch ein paar Weiterbildungen draufsatteln, um mich zu spezialisieren."

„Hast du denn keine Angst vor der ganzen Lernerei?" Camille hob die Augenbrauen. Und blickte in ein strahlendes Gesicht.

Eileen lachte. „Ganz und gar nicht. Ich habe das Gefühl, es kann nicht früh genug losgehen, so spannend klang das alles. In drei Monaten startet der Kurs."

„Na, wenn das kein Grund zum Feiern ist!" Camille holte eine Flasche Côte du Rhône aus ihrer Tasche im Gästezimmer. Währenddessen stellte Eileen Weingläser und Knabbereien auf den Tisch. Gerade als sie es sich so richtig auf dem Sofa gemütlich gemacht hatten, kündigte ihr Handy mit einem ‚Pling' eine

Nachricht an. Es kam ihnen vollkommen unpassend vor, entsprechend genervt sah sie aufs Display.

‚Fühlst du dich nun besser? Vielleicht ist jetzt der richtige Zeitpunkt zum Nachholen?', las sie.

„Moritz wird doch hoffentlich nicht absagen, Lukas morgen früh in die Kita zu bringen?", mutmaßte ihre Tante.

Weit gefehlt. Eileen fühlte, dass sie errötete, während sie grinsen musste. Ihr Herz schlug gleich ein paar Takte schneller. Sie sah an Camilles überraschtem Gesicht, dass sie sich einmal mehr über sie wunderte.

Herz aus dem Takt

Eileens Finger waren schneller, als ihr innerer Kritiker Bedenken anmelden konnte. ‚Gerne. Diesen Freitag im Thai House? Die Einladung steht noch.'

Er schrieb zurück: ‚18 Uhr? Ich hole dich ab. Freue mich. Und beim nächsten Mal bin ich mit Einladen dran.' Dahinter ein Zwinker-Smiley.

Ein Daumen hoch von ihr, und sie sah auf.

Camille schaute sie mit unverkennbarer Neugier an. „Dann geht es wohl in jeder Hinsicht bei dir bergauf?"

„Erstmal abwarten", wiegelte Eileen lächelnd ab. „Das ist eigentlich nur eine Revanche für einen Gefallen, den mir jemand getan hatte. Sonst hätte ich ewig auf einen Facharzttermin warten müssen."

„Lass mich raten: der Physiotherapeut, von dem du mir erzählt hast? Simon hieß er?"

Eileen nickte. Ihre Tante hatte wirklich ein sagenhaftes Gedächtnis, und sie brachte die Sache wieder auf den Punkt.

„Was musst du bloß denken? Moritz ist gerade mal ausgezogen, und schon treffe ich einen anderen Mann." Sie versuchte, ironisch zu klingen.

Camille lächelte. „Mach dir einfach einen schönen Abend. Alles Weitere ergibt es dann schon von selbst." Sie musste gähnen und steckte damit auch Eileen an.

„Lass uns schlafen gehen. Ich hätte ohnehin nicht gedacht, dass ich so lange durchhalte."

Eileen wurde von dem Geklapper in der Küche und dem Stimmgewirr wach. Sie hatte verschlafen. Der Tag gestern hatte sie offenbar doch ganz schön angestrengt.

Moritz war der Erste, dem sie begegnete. Er legte gerade den Stapel Infobroschüren zurück auf den Tisch.

„Morgen“, murmelte sie verschlafen. Und ärgerte sich, dass er gleich auf ihre Neuigkeit gestoßen war, denn sein kritischer Blick war ihr nicht entgangen.

„Guten Morgen!“ Es klang spöttisch. „Schon wieder eine neue Weiterbildung? Und ausgerechnet als Heilpraktikerin?! Das soll richtig lernintensiv sein.“ Er runzelte die Stirn. „Wann soll's denn losgehen? Aber du weißt schon, worauf du dich da einlässt? Ich bin mal gespannt, wie lange du das durchhältst, so ganz ohne Vorwissen. Na egal, es geht mich ja nichts mehr an, wofür du dein Geld verpulverst. Gott sei Dank! Lukas ist übrigens schon im Bad, Camille hat ihn geweckt. Es wäre schön, wenn du auch mal wieder einspringst.“

Der Tag fing ja gut an! Eileen merkte, wie sie rot wurde vor Wut, ihr Herzschlag beschleunigte sich. Sie zwang sich, erst einmal durchzuatmen, bevor sie reagierte. Fehlte noch, dass sie gleich in den schönsten Streit gerieten. „Morgen ist Lukas um halb acht angezogen.“ Sie bedachte ihn mit einem kühlen Blick. „Und ja, die Ausbildung startet im Frühjahr, wenn du so direkt nachfragst. Aber wie du schon selbst sagst, ist das nicht mehr dein Problem.“

Sie starrten sich an, die Stimmung drohte zu kippen. Gerade rechtzeitig kam Lukas aus dem Bad, warf sich in ihre Arme. „Guten Morgen, Mama! Papa meinte, wir müssen früher aufstehen. Tante Camille wollte mir gleich Frühstück machen.“

„Und das ist gerade fertig geworden, Lukas. Bonjour, Liebes.“ Ihre Tante erschien in der Tür. Sie sah von einem zum anderen, die sich noch immer wütend anfunkelten. Stirnrunzelnd folgte sie Lukas in die Küche. Und während er fröhlich plappernd seine Cornflakes futterte, Eileen sich ihren Tee machte und Camille in der Küche werkelte, stand Moritz steif wie ein Brett und ebenso schweigsam herum. Er wirkte wie ein Fremdkörper. Aus seiner finsteren Miene sprach Abwehr, den angebotenen Kaffee trank er schnell im Stehen. Wie anders war ihr Verhältnis vor wenigen Monaten gewesen, als sie nach Eileens schwerem Unfall noch länger in Montélimar bei Camille geblieben waren. Hoffnungsvoll, dass sie es vielleicht doch schaffen würden, wieder zusammenzukommen. Doch das alles schien in einem anderen Leben passiert zu sein.

Als Lukas endlich aufstand, hatte Moritz es eilig. „Okay, dann bis morgen. Und bitte pünktlich."

Eileen drückte ihren Sohn liebevoll und starrte Moritz wütend an. Sie war stolz darauf, nicht mit dem herauszuplatzen, was ihr auf der Zunge lag. „Selbstverständlich. Dir auch einen schönen Tag." Es klang so sarkastisch, wie es gemeint war.

Endlich kehrte Ruhe ein. Camille zog eine Grimasse, und sie mussten beide lachen. „Na, das wird wohl nichts mehr mit euch beiden", mutmaßte sie.

„Du sagst es. Zumindest hat unser Trennungsjahr nun offiziell begonnen."

Früher hätten Moritz' Sprüche Eileen verunsichert, doch jetzt war sie sich absolut sicher, dass sie es dieses Mal tatsächlich durchziehen würde. Die Fachbücher, die die Schule empfohlen hatte und die sie sich gleich am darauffolgenden Tag besorgt hatte, verschlang sie regelrecht. Es machte ihr Spaß, mit Camille die Wohnung weihnachtlich zu schmücken und mit ihr vormittags durch die noch leeren Geschäfte zu ziehen, um

Lukas' Geschenkwünsche zu erfüllen. Schnell hatten sie ihren gemeinsamen Rhythmus vom Sommer wiedergefunden – was brauchten sie die Männer!

Doch als es endlich Freitag wurde, machte sich bei Eileen ein ungewohntes Kribbeln breit. Sie war innerlich unruhig und scheuchte Lukas mit seinen Kita-Freunden zum nahegelegenen Spielplatz hinaus, damit sie sich austoben konnten. Sorgfältig machte sie sich zurecht. Ihr schwarzes Strickkleid, die hohen Stiefel, perfektes Make-up. Ihre langen roten Haare hatte sie glänzend gebürstet, sie fielen ihr geschmeidig über die Schultern. Eileen betrachtete sich zufrieden im Spiegel. Und wurde selbst von Lukas bestätigt, als er schließlich mit Max, Nele und Mia zum Abendessen ins Haus gestürmt kam und es mit der Entspannung wieder vorbei war.

„Wow, Mama! Du bist so schön wie ein Model!" Seine Freunde kicherten und bestätigten es, bevor sie sich auf Camilles Anweisung hin die Hände im Bad wuschen.

Eileen grinste, es freute sie. „Danke, mein Schatz!"

Es klingelte. Ihr Herzklopfen verstärkte sich. „Habt noch viel Spaß!"

„Den wünschen wir dir auch, Eileen! Mach dir einen richtig schönen Abend!", winkte Camille ihr nach, bevor sie mit den Kids in der Küche verschwand.

Ein kurzes Durchatmen, dann öffnete sie die Tür. Simons bewundernder Gesichtsausdruck sprach Bände – und er tat ihr so gut.

„Hi." Sie lächelte ein wenig verlegen. Ihr Herzschlag ging gleich noch ein paar Takte schneller. Er sah sogar besser aus, als sie ihn in Erinnerung hatte.

„Hi Eileen!“ Ein kurzes Schweigen entstand, sein Blick ruhte bewundernd auf ihr. „Dann darf ich diese wunderschöne Frau also ausführen?“

„Nein“, lachte Eileen, während sie sich bei ihm unterhakte. „Heute führt sie dich aus.“

Sie hatten einen Platz am Fenster ganz hinten bekommen und waren beide froh über etwas Ungestörtheit in dem gut besuchten Restaurant.

„Es riecht schon mal köstlich.“ Simon sah von der Speisekarte auf. „Hast du dich schon entschieden?“

„Das fällt mir heute wirklich schwer, hier war bislang alles total lecker. Ich schwanke zwischen gegrilltem Hähnchenbrustfilet mit grünem Kokoscurry oder Tilapiafilet mit frischem Koriander und Chilisauce.“

„Was hältst du vom Teilen?“

Eileen grinste. „Gerne. Und vielleicht sind die Garnelenspieße mit Erdnusssoße eine gute Ergänzung zum Einstieg?“

„Nur, wenn wir uns auf die Kokosnussbällchen zum Dessert einigen können.“

Das konnten sie. Und während sie ihren Wein genossen und auf das Essen warteten, fragte Simon sie nach ihren Plänen.

Sie zögerte kurz mit der Antwort, denn sofort hatte sie Moritz’ ablehnende Worte wieder im Kopf. Sie hoffte bloß, dass Simon nicht ähnlich abfällig reagieren würde. Das würde sie nicht ganz so kalt lassen. „Ich werde bald eine Ausbildung zur Heilpraktikerin für Psychotherapie machen. Der Infoabend bei der Schule vor Ort hat mich total überzeugt.“

Ihre Sorge war unbegründet, denn er war begeistert. „Das ist ja großartig, Eileen! Und die Paracelsus hat wirklich einen hervorragenden Ruf. Diese Ausbildung wird dich auch persönlich weiterbringen."

„Ich hoffe, ich schaffe es überhaupt mit der ganzen Lernerei. Die Durchfallquote soll enorm hoch sein. Und ich bringe absolut kein medizinisches Vorwissen mit, ich habe einfach nur riesiges Interesse daran." Während sie das sagte, ärgerte sie sich über sich selbst. Moritz hatte es tatsächlich geschafft, ihre Moral zu untergraben. Und sie sprach auch noch seine Bedenken selbst aus, machte sie zu ihren.

„Die Freude daran ist ja wohl die Hauptsache bei einem Beruf. Lass dich nicht bange machen, das kommt schließlich ganz allein auf deine Vorbereitung an. Und darauf, mit welcher Motivation du dabei bist. Wenn jemand sich bei einer Sache durchbeißt, von der er überzeugt ist, dann bist du das. Ich traue dir jedenfalls ohne Weiteres zu, dass du es schaffst. Ich kenne einige Leute, die diese Prüfung hinter sich gebracht haben, und die steckst du allemal in die Tasche."

Nun musste Eileen lachen. So viel Zustimmung ging ihr natürlich runter wie Öl, dem konnte sie sich gar nicht entziehen. Zumal sie sicher war, dass Simon ihr nicht nur schmeicheln wollte, dafür war er ein viel zu ehrlicher Typ. Außerdem – er war vom Fach, da konnte er das Ganze viel besser einschätzen als ihr pessimistischer Ex.

Simon goss ihr Glas nach und erhob seines. „Dann auf deine großartige Entscheidung und auf deinen Erfolg!"

Und während ihre Gläser klirrten, wurde ihr Essen gebracht, als hätte der zuständige Kellner nur den passenden Moment abgewartet.

Das Essen schmeckte einfach zu gut, sie teilten die letzten Happen auf. Nicht ein Reiskorn blieb übrig.

„Was gibt es bei dir Neues auf der Arbeit?"

„So einiges“, grinste er. „Erinnerst du dich an Dr. Hella Freitag und Dr. Lutz Altmann?“

Eileen hatte sofort die schrullige Stationsärztin und den stocksteifen Orthopäden vor Augen, der sie betreut hatte. Die beiden hatten sich immer gegenseitig hochgenommen, sehr zum Vergnügen der Patienten. „Natürlich. Das sind nun wirklich zwei Unikate.“

„Du wirst es nicht glauben, die beiden haben momentan eine friedliche Koexistenz und suchen gemeinsam nach einem glühenden Verehrer. Hella fühlt sich davon gestört, dass häufig eine Rose auf ihrem Schreibtisch steht.“

„Das kann aber wirklich nerven!“ Kritisch sah sie ihn an, doch an seinem Gesichtsausdruck sah sie, dass gleich die Auflösung kam.

„Stimmt.“ Er versuchte, ernst zu bleiben, aber es misslang ihm. „Meine Sorge ließ schnell nach, als ich Dr. Altmann beim Blumenkauf erwischte.“

„Echt?!“ Jetzt musste sie lachen. „Aus der Nummer kommt er aber nur schwer raus.“

„Das habe ich ihm auch gesagt. Und ihm geraten, die Wahrheit zu sagen. Doch den Mut hat er wohl nicht.“ Er grinste. „Schade, dabei würden die beiden so gut zusammenpassen. Nur sieht das jeder außer Hella.“

Eileen schüttelte den Kopf. „Das stimmt. Aber so kann es nur in Chaos enden.“ Sie lehnte sich lächelnd zurück. „Puh, das war schon eine heftige Zeit bei euch. Was bin ich froh, dass die Reha hinter mir liegt.“

„Harte Worte.“ Simon machte ein gespielt betroffenes Gesicht. „Weißt du, was ich seitdem für Patienten hatte?“ Und schon gluckten sie wieder los.

Der Kellner kam zum Abräumen. „Ich hoffe, es hat Ihnen geschmeckt. Darf es noch etwas sein?“

„Superlecker“, kam es wie aus einem Mund. Schnell einigten sie sich auf einen Espresso zum Abschluss.

Simons Ärmel war beim Reichen der Teller ein wenig hochgerutscht und hatte eine lange Narbe an seinem Arm freigegeben. Sie konnte den Blick nicht abwenden. Erst jetzt fiel ihr auf, dass sie ihn nur in langärmeligen Shirts gesehen hatte. „Magst du erzählen?“, fragte sie sanft.

„So habe ich Daniele kennengelernt. Also Dr. Steiner. Er hatte einen Autounfall, ich habe ihn gerade noch rechtzeitig herausgezogen.“

Eileen musste hart schlucken, ihre Augen weiteten sich. „Oh nein, nicht auszudenken, was hätte passieren können!“ Ihre Blicke trafen sich in der anschließenden Stille, wie magnetisch fanden ihre Hände zueinander.

In diesem Augenblick wurde der Kaffee gebracht. Sie lächelten verlegen und fanden zu leichteren Themen zurück.

Der Abend war viel zu schnell herumgegangen. Sie waren mittlerweile die letzten Gäste im Restaurant, doch das Personal ließ sie in Ruhe. Eileen sah auf die Uhr, es war weit nach zehn. Notgedrungen Zeit, um aufzubrechen, auch wenn beide sich noch gar nicht voneinander trennen wollten. Jede zufällige Berührung ihrer Hände fühlte sich an wie unter Strom. Die Schmetterlinge im Bauch flatterten. Eileen konnte sich nicht erinnern, dass jemand schon mal solche Gefühle in ihr ausgelöst hatte. Als der Kellner schließlich die Rechnung brachte, übernahm sie unter Simons leichtem Protest die Bezahlung.

Die Heimfahrt verlief in angenehmem Schweigen. Eileen sah die weihnachtlich geschmückten Lichter an sich vorbeiziehen.

Plötzlich sah ihr Leben gar nicht mehr trüb aus, es fing sogar an, richtig schön zu werden.

Simon parkte vor ihrem Haus am Seitenrand und ließ es sich nicht nehmen, sie noch zur Tür zu bringen. Sie fühlte sich unbeschwert und glücklich, würde am liebsten die Zeit anhalten. Und ihm schien es genauso zu gehen.

„Was für ein wunderschöner Abend! Um eine Wiederholung kommst du jedenfalls nicht herum, ich denke mir etwas Besonderes für uns aus.“

Trotz seines verschmitzten Grinsens spürte sie, dass er seine Unschlüssigkeit überspielte. Sie grinste in sich hinein. Sie hatte ganz vergessen, dass die Anfangszeit sich wie ein vorsichtiger Tanz umeinander anfühlte. Bloß nicht zu früh zu weit gehen. Doch die ewigen Bedenken waren Eileen plötzlich gleich, das Leben war schließlich viel zu kurz, um seine Gefühle immer hinter einem Visier zu verstecken. Aus einem Impuls heraus zog sie ihn an sich, ihre Gesichter kamen sich ganz nah. „Ich freue mich schon drauf“, hauchte sie. Ihre Lippen trafen sich. Der Kuss schmeckte nach mehr. Verdammt, konnte er gut küssen! Sie merkte, dass sie nicht bereit war, ihn jetzt gehen zu lassen. Sie nestelte nach ihrem Schlüssel, bis sie ihn endlich fand. „Komm noch mit rein.“ Ihre Stimme klang samtweich.

Simon lächelte ein wenig verlegen über ihr Tempo. „Ich ähm… will dich nicht in eine unangenehme Situation bringen.“ Seine Gefühle kämpften offenbar mit seinem Verstand.

Eileen lächelte und verstand. Er war so lieb. „Nein, keine Sorge. Moritz ist mittlerweile ausgezogen.“

Doch gerade, als sie die Haustür aufschließen wollte, wurde sie schon von innen aufgerissen. Ihr fielen fast die Augen aus dem Kopf, denn Moritz stand in der Tür. Als er Simon sah, verfinsterte sich sein Blick.

„Na, endlich kommst du mal nach Hause. Jetzt wird mir auch klar, warum du nicht ans Telefon gegangen bist. Camille hat sich böse den Fuß verknackst, als sie einen Einbrecher verscheucht hat. Ich wollte sie schon zur Notaufnahme fahren. Aber das kannst du ja jetzt mit deinem Neuen übernehmen.“

Déjà-vu

Camille freute sich sehr für Eileen. Ein neuer Mann würde ihr guttun. Lächelnd wandte sie sich an die Kids, die in Windeseile ihre Schnitten aufgegessen hatten. „Wollt ihr mir beim Plätzchenbacken helfen?“

Wie erwartet waren die Kids begeistert von ihrer Idee.

„Okay. Damit wir mit dem Backen fertig sind, bevor ihr abgeholt werdet, brauche ich zwei von euch zum Ausstechen und zwei zum Dekorieren. Nachher könnt ihr bestimmt noch tauschen.“

„Ich will dekorieren!“, rief Nele.

„Ich auch!“, kam es von den Jungs. Und prompt gab es lange Gesichter.

„Wer aussticht, kann die Plätzchenform wählen“, sagte Camille gelassen und holte die Ausstecher aus der Schublade. Und während sie den Teig ausrollte, hatte Max sich schon umentschieden und wühlte mit Nele die Formen durch. Schnell hatten sie sich für Stern, Engel und Weihnachtsbaum entschieden.

Camille war überrascht, dass sich die Kinder doch recht friedlich einigten und mit wie viel Liebe sie bei der Sache waren. Auch noch in der fünften Backrunde.

Es klingelte. Abholzeit. Und während die Kids zur Tür stürmten, holte sie das letzte Blech mit Keksen aus dem Ofen. Sie hörte, wie die Mamas fröhlich begrüßt wurden.

„Ihr wart wirklich eine großartige Hilfe“, lobte Camille und gab jedem fleißigen Weihnachtsbäcker eine große Tüte Kekse mit. Nach der Verabschiedung kehrte ein wenig Ruhe im Haus ein.

„Es wird Zeit, ins Bett zu gehen, Lukas“, ermunterte Camille ihn, während sie die Arbeitsplatte abwischte. „Geh‘ doch schon mal Zähne putzen, ich bringe noch schnell den Müll raus. Aber denk an die Sanduhr, mindestens drei Minuten, okay?“

Camille freute sich auf einen gemütlichen Fernsehabend bei einem guten Glas Wein und betätigte schon einmal den Dimmer der Beleuchtung, um die richtige Atmosphäre zu schaffen. Dann knotete sie die Mülltüte zusammen und warf sich eine Jacke über. Sie öffnete die Terrassentür einen Spalt und schlüpfte hindurch. Nieselregen hatte eingesetzt, und bei den eisigen Temperaturen würde es schnell anziehen. Sie fröstelte. Fast wäre sie auf den rutschigen Terrassenplatten ausgerutscht. Bei den Mülltonnen war es dunkel, morgen würde sie Eileen ansprechen, dass sie den Bewegungsmelder einmal checken mussten. Schnell warf sie den Müll in die Tonne. Als sie sich umdrehte und zur Terrasse zurückgehen wollte, blieb ihr vor Schreck fast das Herz stehen. Sie sah eine dunkle Gestalt, die geradewegs durch die Terrassentür ins Haus steigen wollte. Lukas – er war dort drinnen! Instinktiv reagierte Camille: „Halt!“, schrie sie sofort aus Leibeskräften. „Verschwinden Sie von hier, ich rufe die Polizei!“

Kurz hielt die schwarze Gestalt inne, offenbar hatte sie ihn überrascht. Langsam wandte er sich zu ihr um. Und Camilles Augen weiteten sich vor Schrecken. Ihr Herz raste, als sie sah, dass er eine Sturmmaske trug. Er blieb einfach stumm, stand direkt an der geöffneten Tür. Ein Bruchteil einer Sekunde, die wie eine Ewigkeit wirkte. Groß, ja, bedrohlich sah er aus. Und war nur wenige Meter von Lukas entfernt! Siedend heiß fiel Camille ein, dass sie weder Handy noch Schlüssel in der Tasche hatte. Verdammt, ihre Drohung war eine lahme Ente! Oh Gott, hoffentlich blieb der Junge noch im Bad! Sie musste handeln, schnell! Ohne auch nur eine Sekunde nachzudenken, lief Camille die Terrassentreppe hinauf. „Bleib, wo du bist, bâtard! Putain de merde, dir mach' ich Beine!“ Fast hatte sie ihn erreicht, stolperte ihm geradezu entgegen. Zuckte innerlich zusammen, als sie merkte, dass er doch viel kräftiger war, als es zunächst aussah. Egal, es ging jetzt um alles! Sie musste es schaffen, ihn zu vertreiben, auch wenn ihr das Herz fast in die Hose rutschte. Sie zwang sich, entgegen ihrer Angst zu handeln. Mit dem Mut der Verzweiflung holte sie aus, wollte nach ihm schlagen. Doch er fing ihre Hand ab, packte sie grob. Schubste sie mit voller Wucht zur Seite. Camille rutschte auf den blanken Fliesen aus, fand keinen Halt. Knickte mit dem Fuß um. Der Schmerz schoss durch ihren gesamten Körper wie ein Stromschlag, ein lauter Schmerzensschrei entfuhr ihr. Plötzlich war ihr, als würde sie Blitze sehen. Sie nahm noch wahr, wie der Kerl im Eiltempo die Treppe heruntereilte und zur Straße sprintete. Hörte, wie ein Motor gestartet wurde. Vor Schmerz wurde ihr schwummrig, alles begann sich um sie herum zu drehen. Sie sah Lukas im Pyjama, der sie mit weit aufgerissenen Augen anstarrte. Dann wurde ihr endgültig schwarz vor Augen.

Dem Hilferuf gefolgt

Moritz stieß gegen die halbleere Bierflasche und sie rollte über den Couchtisch, fiel auf den Teppich, verteilte ihren restlichen Inhalt vollständig. Er sprang auf und fluchte, während er vergeblich versuchte, das Malheur aufzuhalten. Die nächsten Minuten war er damit beschäftigt, die klebrige Flüssigkeit vom Tisch zu wischen und den Teppich zu schrubben. Wie gut, dass der Glastisch keinen Sprung bekommen hatte. Aber für den Teppich würde er sich wohl einen Teppichreiniger besorgen müssen. Moritz kam zum ersten Mal der Gedanke, dass es so mit ihm nicht ewig weitergehen konnte. Er wusste selbst nicht, was mit ihm los war. Mit Eileen war es aus, aber das wusste er doch schon längst. Nun sollte es bloß amtlich werden. Und Caro hatte sich für einen anderen entschieden. So etwas kam vor. Warum brachte ihn das derart aus dem Gleichgewicht? Vielleicht, weil sein Glück zum Greifen nah gewesen war, nur um sich dann in Luft aufzulösen? Er hatte es verbockt, eindeutig. Und nun lebten beide Frauen, die ihn geliebt hatten, ihr Leben, während er überhaupt nicht mehr klarkam. Er war traurig darüber, dass er seinen Sohn nur noch alle zwei Wochen sehen würde, sobald Eileen wieder fahren konnte. Hatte er bloß wegen Lukas an dieser Beziehung festgehalten, in der sie sich schon längst nichts mehr geben konnten? Er mochte es sich kaum eingestehen. Und das war auch kein Grund, so eklig zu Eileen zu sein. Er erkannte sich selbst nicht wieder.

Mitten in seine trübsinnigen Gedanken hinein klingelte das Telefon. Obwohl ihm gerade gar nicht nach Reden zumute war, siegte die Neugier, und er stand auf, um zu sehen, wer ihn störte. Eileens Festnetznummer. Seine Laune sank weiter Richtung Tiefpunkt. Ein Gespräch mit ihr war das Letzte, was er jetzt brauchte. Er beschloss, es einfach durchklingeln zu lassen, und der Anrufbeantworter übernahm statt ihm.

„Papa, Papa, komm ganz schnell, Camille ist draußen umgekippt und Mama ist..." Der Rest ging in Schluchzen unter. Sofort drückte er auf Annahme, war schlagartig ernüchtert.

„Lukas, hier ist Papa. Was ist passiert?"

Auch nach erneutem Nachfragen verstand er seinen Sohn nicht, er war viel zu durcheinander. Und Eileen war offenbar weder zu Hause noch erreichbar, so viel wurde ihm schnell klar.

„Ich mache mich sofort auf den Weg, Lukas, ich bin gleich da. Hab keine Angst!" Kurz überlegte er, ob er überhaupt noch fahren konnte. Verwarf es schnell, es würde schon passen. Jetzt bloß schnell zu Lukas, er brauchte ihn dringend!

Als er die Tür aufschloss, schmiss sich Lukas in seine Arme. „Papa, endlich!"

Moritz drückte seinen Sohn an sich, dann hielt er ihn so, dass er ihm ins Gesicht blicken konnte. „Geht es dir gut?"

Ein Nicken, sein Gesicht war tränenüberströmt. „Aber Camille..."

„Wo ist sie?"

„Auf der Terrasse."

Moritz lief hinaus, und Lukas wollte ihm folgen. „Bleib hier, es ist eiskalt. So holst du dir noch den Tod."

Er fand Eileens Tante, als sie gerade wieder zu Bewusstsein kam. Sie stöhnte auf vor Schmerzen.

„Camille, was ist passiert? Warte, ich helfe dir auf!"

„Moritz, wie gut, dass du da bist!“ Dankbar nahm sie seine Hand, die ihr aufhalf. „Danke, es geht schon wieder“, beschwichtigte sie, doch ihr schmerzverzerrtes Gesicht strafte sie Lügen.

Er stützte sie, so gut es ging, und ganz langsam schlitterten sie die Terrasse entlang zur großen Glastür. Er brachte sie zum Sofa und schloss die schwere Tür. Mittlerweile war das Wohnzimmer komplett ausgekühlt.

„Zieh dir etwas über, Lukas, und bring deiner Tante einen warmen Pulli zum Anziehen.“ Er wandte sich an Camille. „Hast du Schmerzen? Was ist passiert?“

„Jemand hat versucht, hier einzubrechen, als ich den Müll rausgebracht habe. Stand plötzlich auf der Terrasse, und ich konnte ihn mit meinem Geschrei gerade noch davon abhalten, ins Haus einzusteigen. Du kannst dir gar nicht vorstellen, was für Angst ich um Lukas hatte! Ganz in Schwarz gekleidet war der Kerl, hatte sogar eine Sturmmaske auf. Total unheimlich das Ganze! Frag mich nicht, was ich mir dabei gedacht habe, aber ich bin auf ihn zugestürmt. Da hat er mich geschubst und ist abgehauen. Sein Komplize hatte offenbar im Auto an der Straße gewartet.“

Moritz war schockiert. „Das darf doch wohl nicht wahr sein! Wie gut, dass du so mutig warst! Bist du verletzt?“ Zumindest schien sie keine Verletzung am Kopf zu haben, sein Blick suchte nach offenen Wunden.

„Mir ist schwindelig geworden. Und mein Knöchel tut etwas weh.“

Moritz sah sich den Fuß an. Der Schwellung nach zu urteilen, war es wohl ein bisschen mehr, als sie zugab. „Soll ich nicht doch besser einen Krankenwagen rufen?“

Heftig schüttelte sie den Kopf. „Nein. Eileen kriegt den Schock ihres Lebens."

„Wo ist sie überhaupt?"

„Sie ist ausgegangen, endlich mal. Und ausgerechnet jetzt passiert so etwas Dummes!"

Es kostete ihn Mühe, seine Verärgerung nicht zu zeigen. Camille war schon immer dickköpfig gewesen, das kannte er nicht anders. Und für ihre Eileen opferte sie sich auf. „Was ist mit der Polizei? Es ist wichtig, dass du Anzeige erstattest." Er erinnerte sich, dass in der Straße vor einiger Zeit schon einmal eingebrochen wurde. Hoffentlich würde sie nicht so unvernünftig sein, seine Hilfe abzulehnen.

„Vielleicht hast du recht mit der Polizei", stimmte sie etwas unwillig zu. „Lass uns hinfahren."

„Kannst du denn auftreten?"

„Ich nehme einfach Eileens Krücken."

Okay, das würde gehen. Moritz holte den Föhn aus dem Bad, denn durch den Nieselregen waren ihre Haare vollkommen durchnässt. Lukas hatte inzwischen etwas Warmes zum Überziehen für sich und Tante Camille gefunden, half ihr aus der nassen Jacke. Während Camille sich die Haare föhnte, ging Moritz in die Küche, um den Wasserkocher anzustellen. Seine Versuche, Eileen zwischenzeitlich zu erreichen, blieben vergeblich. Sie hatte wirklich ein grottenschlechtes Timing. Er brachte Camille eine dampfende Tasse Tee, damit sie sich erst einmal wärmen konnte. Er tat ihr sichtlich gut. Dann holte er ihr Eileens Krücken.

„Wird es gehen?"

Camille nickte tapfer.

Moritz sah zu seinem Sohn. „Nimm besser die Jacke mit Kapuze." Endlich waren sie so weit.

Auf der Polizeiwache des Nachbarorts angekommen, mussten sie nicht lange warten. Die diensthabende Polizistin war freundlich und nahm die Anzeige zu später Stunde geduldig auf. „Unwahrscheinlich, dass die Einbrecher in demselben Haus nochmals einbrechen, wenn man sie auf frischer Tat erwischt hat“, meinte sie zum Abschied. „Und für Sie gute Besserung!“ Sie nickte Camille aufmunternd zu und schenkte Lukas ein Lächeln und ein Bonbon.

Als sie wieder daheim waren, wurde Camilles Knöchel immer dicker. „Ich fahre dich vielleicht doch besser zur Notaufnahme“, meinte Moritz besorgt. Doch wie erwartet widersprach sie erneut. „Unsinn, das ist mit Sicherheit nur eine Verstauchung. Lukas kann mir den Fuß ein wenig kühlen, bis Eileen wieder da ist.“

Beiden Erwachsenen war klar, dass für den Jungen gerade an Schlaf nicht zu denken war. Moritz gab noch nicht auf, sie zu überzeugen, und ärgerte sich im Stillen über ihre Störrigkeit. Um überhaupt etwas zu machen, holte Moritz die Kühlakkus aus dem Kühlschrank. „Kann ich noch irgendetwas für dich tun?“

„Noch eine Tasse Tee wäre super.“

Moritz war froh, erst mal beschäftigt zu sein. Wo zum Teufel blieb Eileen? Musste sie ausgerechnet heute so lange wegbleiben? Da hörte er einen Wagen vorfahren und sah, dass der Bewegungsmelder an der Haustür anging. Warum kam sie nicht herein? Sein Magen zog sich zusammen und er spürte, wie Ärger in ihm hochstieg. Bloß nicht aufregen! Er ging zur Haustür, hörte sie kichern und leise reden. Dafür hätte sie sich wirklich keinen blöderen Zeitpunkt aussuchen können! Dabei sollte sie sich mal besser um ihre Tante kümmern. Endlich wurde der

Schlüssel ins Schloss gesteckt. Doch mit Moritz' Geduld war es vorbei. Wütend riss er die Tür auf. Direkt vor sich sah er Eileens entsetztes Gesicht. Er erzählte ihr sofort ungeschönt, was während ihrer Abwesenheit passiert war. Ihre Mimik spiegelte sogleich Sorge wider, und Schuldbewusstsein. Moritz' Blick fiel auf ihren Begleiter, und seine ohnehin schon miese Laune verfinsterte sich. Das Gesicht kam ihm irgendwie bekannt vor. Er versuchte, ihn einzuordnen, dann fiel der Groschen. Sie kannten sich von früher, und er hatte ihn damals schon nicht leiden können. Jetzt erinnerte er sich, dass der Typ Eileen doch auch mal von der Reha nach Hause gebracht hatte. „Na klar, nur der Physiotherapeut", presste Moritz hervor.

Moritz' Herzrasen verstärkte sich, so wütend war er auf Eileen. Überstürzt überließ er ihr und ihrem Neuen die Situation und eilte zu seinem Auto. Jetzt bloß nach Hause fahren, sagte er sich. Sein Verhalten machte ihn nicht gerade stolz, doch er konnte nicht anders. Was war das bloß für ein bescheuerter Tag!

Freundschaftspotenzial

Nur für einen Bruchteil der Sekunde sah Eileen ihm verdattert nach, dann stürzte sie ins Haus. „Camille!“

Sie fand ihre Tante mit schmerzverzerrtem Gesicht auf dem Sofa, das rechte Bein hochgelegt. Lukas kühlte es tapfer mit Kühlakkus.

„Mama!“ Er stürmte auf sie zu und Eileen umarmte erst ihren Sohn, dann ihre Tante. „Lukas. Camille.“ Ihr Blick fiel auf den Knöchel, der inzwischen durch die Schwellung kaum noch zu sehen war. „Oje, das sieht übel aus! Erzähl, was ist passiert?“

„Schön, dass du da bist, Eileen.“ Camille lächelte tapfer. „Ich habe jemanden vertrieben, der hier einbrechen wollte. Und als der mich geschubst hat, bin ich ziemlich umgeknickt. Wie gut, dass Moritz hergekommen ist. Er war mit mir sogar schon bei der Polizei. Und dann wollte er mich unbedingt noch ins Krankenhaus fahren mit meinem Fuß. Aber ganz so schlimm ist es sicher nicht.“

Das sprach zumindest für Moritz. Warum musste er sich ihr gegenüber immer so unfreundlich aufführen? Eileen seufzte.

Simon trat vorsichtig ins Wohnzimmer und blieb im Türrahmen stehen. Durch ein Räuspern machte er sich bemerkbar. „Hallo, ich bin Simon Bender. Ich wollte nur schauen, ob ich helfen kann.“

„Camille Mireau, hallo. Leider lernen wir uns nicht unter sehr glücklichen Umständen kennen.“

„Sie wissen es vielleicht schon. Ich war Eileens Physiotherapeut, wir haben uns während ihrer Reha kennengelernt. Darf ich mir Ihren Fuß einmal anschauen?" Ganz vorsichtig untersuchte er den Knöchel, während Camille sich vor Schmerzen auf die Zunge biss.

„Mit Sicherheit eine böse Verstauchung. Eileens Mann hat recht, dass ein Arzt sich das einmal anschauen sollte. Aber in der Notaufnahme warten Sie ewig auf diesen unbequemen Stühlen. Ich werde mal einen Freund anrufen, vielleicht hat er kurz Zeit, sich den Knöchel einmal anzusehen."

Wenig später war die Sache geklärt. „Ich kann Sie kurz bei Dr. Steiner privat vorbeibringen, er hat ohnehin heute Bereitschaftsdienst."

Camilles Blick hellte sich auf. Simon hatte auf ewig einen Stein bei ihr im Brett, das wusste Eileen. „Sag ja, Camille. Bei diesem Arzt bin ich auch in Behandlung, er ist richtig gut."

„Okay, ja gerne."

Simon bot ihr seinen Arm an und half ihr, zum Stehen zu kommen. „Geht es?"

Camille nickte tapfer und nahm die Krücken entgegen, die Eileen ihr reichte. „Bis zum Auto werde ich es schon schaffen."

„Wir sind bald wieder zurück", rief Simon ihr zu.

Eileen nickte und winkte ihnen nach. Sie hatte genug damit zu tun, den vollkommen überdrehten Lukas ins Bett zu bekommen. Es war kurz vor elf, allerhöchste Zeit zum Schlafengehen.

„Liest du mir noch eine Gute-Nacht-Geschichte vor? Ich kann sonst nicht einschlafen."

Heute wurde es spät, aber ohne seine Geschichte tat Lukas sich immer schwer, zur Ruhe zu kommen. „Mein armer Schatz, das ist auch wirklich schlimm für euch gewesen." Liebevoll strich sie ihm über das Haar.

„Stimmt", nuschelte er. „Ich hatte solche Angst, als Tante Camille da draußen lag."

Eileen mochte sich gar nicht vorstellen, was hätte passieren können. „Besser, wir lesen heute etwas nicht ganz so Spannendes." Sie hoffte, dass es leichthin klang, denn ihre sorgenvollen Gedanken überschlugen sich.

Nach einer Weile legte Eileen das „Pettersson und Findus"-Buch zur Seite, das Lukas sich ausgesucht hatte. Offenbar war es genau das Richtige gewesen, um seine Nerven zu beruhigen. Sie küsste ihn auf der Stirn.

„Mama?"

„Mmmh." Hoffentlich fand er bald in den Schlaf.

„Mia feiert nächsten Samstag Geburtstag. Mit ihrer Mama zusammen. Wir sind beide eingeladen."

„Aha?" Sie war überrascht, wusste nicht so recht, ob sie sich darüber freuen sollte. Schließlich war Amanda die rechte Hand von Caro. Und eigentlich hatten sie gerade auch andere Sorgen als ihre Wochenendplanung.

„Ja. Toll, was? Und du musst unbedingt mitkommen, Tante Lena kommt auch."

Eileen versprach es, und schon war Lukas eingeschlafen. Lächelnd schloss sie die Tür seines Kinderzimmers, damit nichts seinen Schlaf stören konnte. Wie es Camille wohl jetzt ging? Wie auf ein Stichwort hörte sie einen Wagen vorfahren und eilte zur Tür.

„Und, was hat Dr. Steiner gesagt?" Mit Simon zusammen stützte sie ihre Tante.

„Der Knöchel ist tatsächlich nur verstaucht. Ich soll mich in den nächsten zwei Wochen schonen. Eileen, es tut mir so leid, dass ich dir in dieser schweren Zeit auch noch zur Last falle!

Ich bin doch hier, um dir zu helfen!" Schuldbewusst sah sie ihre Nichte an.

„Ach Camille! Du störst niemals. Hauptsache, du kommst schnell wieder in Ordnung!" Lächelnd sah sie Simon an und ihre Augen konnten sich nicht voneinander lösen. „Danke!" Der Abend hatte sich eindeutig anders entwickelt als geplant. Und doch tat es gut zu wissen, dass sie sich auf ihn verlassen konnte.

Er nickte und ergriff ihre Hand. „Nicht dafür, das habe ich gerne getan. Schlaf gut! Ich melde mich." Der Kuss war mehr ein Hauch auf ihrer Wange. Er wandte sich Camille zu: „Und dir gute Besserung, Camille! Wenn es nicht besser wird, gib mir gerne über Eileen Bescheid."

Während Eileen ihm nachsah, umfing sie ein warmes Gefühl. So, als wäre sie nach einer langen Reise endlich angekommen.

Camille sah ihre Nichte lächelnd an und umarmte sie. „Na, der ist doch was! Ich wünsche dir jedenfalls das Glück, das du so sehr verdienst!"

Eileen schnitt das Gespräch erst nach dem Frühstück an, als Lukas zum Spielen in sein Zimmer abgetaucht war. Sie wollte ihn nicht noch weiter beunruhigen und hoffte, dass er das Erlebte vergessen würde. „Magst du mir ein bisschen mehr zu dem versuchten Einbruch erzählen? Es macht mir richtig Sorgen, wenn ich darüber nachdenke."

Camille, die sich schwer damit abfinden konnte, dass sie nun Unterstützung brauchte, hielt ihr die Kaffeetasse hin. Sie seufzte. „Ja, das stimmt. Es war richtig unheimlich. Die Kids waren gerade abgeholt worden und ich habe Lukas zum Zähneputzen ins Bad geschickt. Ich wollte nur schnell den Müll rausbringen.

Als ich zur Terrasse zurückgehen wollte, sah ich diesen Kerl ganz in Schwarz gekleidet, sogar mit Sturmmaske. Der wollte gerade durch die Terrassentür einsteigen. Da habe ich geschrien und ihn beschimpft. Was glaubst du, was ich für Angst hatte, dass Lukas zu der Zeit aus dem Bad kommen würde! Ich bin gleich auf den Kerl zugestürmt, stand direkt vor mir. Oh Gott, ich dachte in dem Moment nur daran, dass ich ihn irgendwie vertreiben muss! Doch er packte mich einfach und hat mich kräftig geschubst. Dann ist er zur Straße gelaufen. Offenbar hatte er einen Komplizen, denn es startete kurz darauf ein Motor. Ich lag da mit schmerzendem Fuß und habe noch gesehen, dass Lukas zur Glastür kam. Aber dann wurde ich auch schon ohnmächtig. Lukas hat gleich seinen Vater angerufen, nachdem er dich nicht erreichen konnte. Wie gut, dass Moritz sofort gekommen ist. Er hat sich wirklich rührend um mich gekümmert, das muss mal gesagt werden. Und er hat mich zur Polizeistation hingefahren. Auch wenn das leider nicht viel bringen wird, ich konnte ja nur eine Anzeige gegen Unbekannt stellen. Mehr als eine ungefähre Beschreibung zu Größe und Statur des Täters war nicht möglich. Die Polizistin war sehr nett und meinte, dass selten jemand nochmal dort einbricht, wo er bereits erwischt wurde. Was für ein schwacher Trost! Als wir wieder zu Hause waren, kamst du schon bald mit Simon. Den Rest kennst du ja.“

Eileen starrte sie an und sagte unglücklich: „Dann wäre ich wohl besser gestern nicht ausgegangen! Und ich mache auch noch mein Handy aus, damit wir nicht gestört werden! Das hätte ich dir wirklich gerne erspart!“

„Quatsch, jetzt mach dir bloß keine Vorwürfe. Das hätte an der Situation nichts geändert. Und mit so etwas konnte ja niemand rechnen.“ Dann grinste sie Eileen an. „Ein toller Mann übrigens, den du da gestern getroffen hast. Wirst du ihn wiedersehen?“

Jetzt war es an Eileen, zu grinsen. Ihre Tante war wirklich durch und durch Französin, da konnte sie sich noch eine Scheibe von abschneiden. Für die Liebe wurde sich immer Zeit genommen.

„Ich denke schon.“

„Das scheint Moritz ganz schön mitzunehmen, dass es dir so gut geht ohne ihn. Sei gnädig, er hat gestern wirklich alles getan, um mir zu helfen.“

Nachdenklich nickte Eileen. Sie war dabei, ihr Blatt zu wenden.

Montagfrüh war Eileen die Erste, die aufstand. Ihre Tante sollte sich noch erholen. Lukas trödelte wie immer im Bad, und sie hoffte, dass Moritz nicht gleich wieder ungehalten wurde. Wie so oft in letzter Zeit. Doch weit gefehlt, denn ihn trieb etwas ganz anderes um.

„Es tut mir leid, Eileen, ich habe mich Freitagabend wirklich wie der allergrößte Trottel verhalten!“ Er sah kaum von seinem Kaffee auf, den sie ihm gereicht hatte. So zerknirscht hatte Eileen ihren Ex selten erlebt. Sie zog die Augenbrauen hoch. Bislang war er immer der Stärkere in ihrer Beziehung gewesen, der sich ihrer allzu sicher war. Doch jetzt hatte sie sich mit aller Deutlichkeit für eine Scheidung ausgesprochen. Sie spürte, dass er viel schlechter damit zurechtkam als sie selbst.

„Du hast dich um Camille gekümmert. Und darum, dass der Fall zur Anzeige gekommen ist. Vielen Dank!“

Offen sah sie ihm ins Gesicht. Sie war nur froh, dass gestern nicht noch Schlimmeres passiert war. Und dass er geholfen hatte, als er gebraucht wurde.

„Ich hätte Camille ins Krankenhaus fahren müssen. Wie geht es ihr jetzt?"

„Es war Gott sei Dank tatsächlich nur eine böse Verstauchung. Sie soll sich die nächsten zwei Wochen schonen."

Er nickte beruhigt. „Wenn du etwas brauchst, sag Bescheid, okay? Wenn du den Bewegungsmelder erneuern musst oder einen Fahrer brauchst oder einfach mal jemanden zum Reden."

Sie nickte. Erleichtert, dass er die Situation zu akzeptieren schien. Vielleicht würden sie wenigstens vernünftig miteinander umgehen können.

Doch was jetzt kam, ließ sie wieder stark daran zweifeln. „Sag mal…", begann er zögernd. „Dein Physiotherapeut, den du am Freitag getroffen hast – nimm's mir nicht übel, aber mit dem stimmt was nicht."

Eileen hielt den Atem an, Wut stieg in ihr hoch. Was erzählte er da für einen Mist?! Er konnte von Glück reden, dass Lukas gerade ins Zimmer kam, fertig angezogen und abfahrbereit. Sonst hätte sie ihn in der Luft zerrissen. „Sag mal, spinnst du, so etwas zu behaupten?", zischte sie ihn leise an.

Moritz hob abwehrend die Hände. „Sorry!" Ihm wurde offenbar klar, dass er den Bogen erneut überspannt hatte.

„Papa, wir können los!"

Eileen winkte ihnen nach. Es machte sie traurig, dass ihr Lukas ein typisches Trennungskind war. Mit vorausschauenden Antennen und stets darauf bedacht, Streit zwischen seinen Eltern zu entkräften. Hoffentlich würden diese Erfahrungen keinen Schaden in seine späteren Beziehungen bringen. Wie gerne hätte sie ihrem Sohn eine heile Welt geboten.

Eileens persönlicher Höhepunkt der Woche war ihr Besuch bei Dr. Steiner. Endlich war ihr Bein kräftig genug, um wieder

Autofahren zu können. Sie hätte dem Arzt um den Hals fallen können. Glücklich über die gute Nachricht legte sie auf dem Rückweg von der Praxis einen Zwischenstopp bei einem Gebrauchtwagenhändler ein. Eigentlich hatte sie nur mal schauen wollen, aber ein blauer VW Polo, der draußen auf dem Hof stand, hatte es ihr sofort angetan. Und so entschied sie sich spontan, dass der sie wieder mobil machen sollte. Sie würde ihr neu gewonnenes Stück Freiheit am nächsten Tag abholen können.

Während sie mit Lukas die Geburtstagsgeschenke besorgte, ließ sie die vergangene Woche Revue passieren. Simon und sie hatten sich nicht getroffen, sondern nur Nachrichten geschickt. Offenbar hatte er ebenso viel um die Ohren wie sie selbst. Doch das störte Eileen nicht. Zumindest hatte sich Moritz ihr gegenüber die restliche Woche mit Sprüchen zurückgehalten.

Ein wenig aufgeregt standen Lukas und sie vor Amandas Tür. Dem Lärm nach war Mias Kindergeburtstag schon in vollem Gange. Die halbe Kita-Gruppe tobte durch die Wohnung, und Amandas Labrador Buddy sprang mittendrin herum. Keine Ahnung, wie sie diesen Tag nervlich überstehen wollte. Lukas entdeckte seinen besten Freund Max und tauchte im Knäuel der Kids unter. Ein wenig verloren stand Eileen im Flur herum, als Amanda ihr ein Glas Sekt reichte. „Einer geht doch, oder? Lass uns zu Annalena in die Küche gehen. Sie hatte gerade eine tolle Idee für die Weihnachtsfeier in der Kita.“

„Hallo Eileen! Schön, dass du auch Zeit hattest. Hier in der Küche lässt sich der Ansturm gut aushalten.“

„Wahrscheinlich muss ich nach dem Geburtstag renovieren“, lachte Amanda. „Wenn sich die Kids ausgetobt haben, gibt es Kuchen. Und ein paar Spiele habe ich parat, falls Langeweile aufkommt. Für den Spielplatz ist es heute leider zu kalt."

„Apropos Kälte, dazu kann ich etwas beisteuern." Eileen reichte Amanda ihr Geschenk. „Eine Kleinigkeit."

Vorsichtig löste Amanda die silberfarbene Schleife und wickelte das Geschenk im roten Papier ganz vorsichtig aus. „Oh, das ist gut!" Sie hielt die Handwärmer hoch. „Wo ich doch immer solche Eispfoten habe." Sie roch am Tee. „Mmh, das riecht toll nach Zimt und Bratapfel. Da fühlt man sich doch glatt in die Kindheit zurückversetzt. Und genau das Richtige für diese Jahreszeit. Vielen Dank, Eileen!"

Eileen freute sich. „Gerne. Die Handwärmer funktionieren super, ich habe die gleichen." Sie wandte sich an Annalena. „Amanda erzählte mir, du hattest eine tolle Idee für die Kita-Weihnachtsfeier?" Es war ihr ein Rätsel, wie Annalena die Zeit fand, neben Familie und Job in der Anwaltskanzlei, die Weihnachtsaufführung mit den Kids einzuüben.

Es wurde ein langer Abend, an dem sie aus dem Erzählen und Lachen kaum herauskamen. Eileen erhielt begeisterte Zustimmung bei ihren Plänen, noch mal Schule zu machen. Während die anderen Kinder längst abgeholt wurden, bezogen Mia, Max, Nele und Lukas ihre Schlafsäcke für die Übernachtungsparty, während Buddy es sich zwischen ihnen bequem machte. Passenderweise durften sie vor dem Einschlafen noch einen ‚Fünf Freunde'-Film schauen. Ihre Mütter fanden dagegen einfach kein Ende.

Selten hatte Eileen sich unter Frauen so wohl gefühlt. War sie anfangs überrascht gewesen, dass keine anderen Eltern eingeladen waren, so war sie froh, in dieser Runde plötzlich dazuzugehören.

Eileen musste gähnen. „Es ist wirklich spät geworden, ich werde jetzt aufbrechen. Wann ist morgen Abholzeit? Passt dir zehn Uhr?“ Amanda nickte. „Das passt schon. Die vier sind ja ohnehin unzertrennlich, da könnt ihr euch Zeit lassen.“

„Ich schließe mich an.“ Annalena stand auch der Sinn nach Aufbruch. „Das müssen wir unbedingt bald wiederholen. Das nächste Treffen ist bei uns.“

Glücklich verabschiedete sich Eileen. Was für ein toller Abend! Als sie zum Auto ging, checkte sie auf dem Handy noch ihre Nachrichten. Eine WhatsApp von Simon war eingegangen. Ihr Herz hüpfte einen Takt schneller, als sie sie las.

„Wollen wir uns nächsten Freitagabend sehen? Ich habe Tickets für die Weihnachtsgala bekommen.“

Spontan sagte sie zu. Könnte es besser laufen? Eileen war nicht überrascht, dass sie sich auf der Rückfahrt beim Mitsummen der Charts ertappte, so gut gelaunt war sie.

Sie bog in ihre Straße ein, die ungewöhnlich dunkel wirkte. Die ersten Weihnachtsbeleuchtungen waren wohl bereits ausgeschaltet. Doch irgendwie wirkte es anders als sonst. Irritiert stellte sie fest, dass die meisten Straßenlaternen aus waren.

Eileen parkte ihren Wagen unter dem Carport und hörte noch den Song zu Ende, bevor sie ausstieg. Camille schien wach zu sein, in ihrem Haus brannte Licht. Als sie den Weg entlangging, hörte sie ein Rascheln, als wenn sich jemand durch die Büsche zwängte, dann Schritte, die bemüht leise auf dem dunklen Nachbargrundstück herumliefen. Als sie einen Schatten bemerkte, der am Nachbarhaus entlangschlich, fuhr sie zusammen. Sofort dachte sie an Camilles schlimmes Erlebnis.

„Hallo, Jürgen und Maggie, seid ihr das?“, rief sie mit zittriger Stimme.

Keine Antwort. Hatte sie sich den Schatten bloß eingebildet? Und das Geräusch auch? Als sie näher zum Gartenzaun des Nachbargrundstücks ging, hörte sie wieder Schritte, die sich diesmal entfernten. Dann einen zweiten Schatten, der es offenbar eilig hatte. Ein Auto fuhr kurz darauf mit quietschenden Reifen davon. Einbrecher bei den Nachbarn? Waren es dieselben, die es erfolglos in ihrem Haus versucht hatten? Nach einer Schrecksekunde rief Eileen ihre Nachbarn an. Sie war nicht sicher, ob sich dort nicht noch jemand herumtrieb.

„Hallo Eileen, was gibt es denn so spät?", kam es verschlafen.

„Jürgen, krieg jetzt keinen Schreck, aber ich habe gerade zwei Gestalten um euer Haus schleichen sehen. Schau doch mal nach, ob alles in Ordnung ist."

Prompt ging im Nachbarhaus das Licht an. Sie sah durch die großen Glasfenster, wie Jürgen die Treppenstufen herunterkam. Sein Fluchen war bis nach draußen zu hören. „Oh mein Gott, diese Mistkerle haben das ganze Wohnzimmer verwüstet!"

Eine Stunde und eine Aussage bei der Polizei später saßen sie alle zusammen in Eileens Wohnzimmer. Camille schenkte Hochprozentiges auf den Schrecken aus. Und alle versuchten, Jürgens vollkommen aufgelöste Frau Maggie zu beruhigen. Camille fand schließlich die richtigen Worte. „Egal, wie viel Schaden diese Hallodries in eurem Haus angerichtet haben – Hauptsache, es ist niemand zu Schaden gekommen!"

„Da haben Sie auch wieder recht", erwiderte Maggie tapfer.

Die beiden waren sich so sympathisch, dass Camille ihr anbot, beim Aufräumen des Wohnzimmers zu helfen. „Wie gut, dass es meinem Knöchel wieder besser geht. Vor gut einer

Woche wäre bei meiner Nichte auch fast eingebrochen worden.“

„Ob das dieselben Typen waren? Wir sollten wirklich Überwachungskameras anbringen“, schlug Jürgen vor und wollte sich die nächsten Tage für beide Häuser darum kümmern.

Eileen staunte nicht schlecht über die Entwicklung in ihrer Nachbarschaftsbeziehung. Denn die letzten Jahre hatten sie immer eine gesunde Distanz bewahrt. Musste immer erst ein Unglück passieren, bevor man anfing, sich umeinander zu kümmern?

Als Eileen am nächsten Morgen ziemlich übernächtigt bei Amanda eintraf, waren die Kids noch mitten im Frühstück. Und Lukas wirkte putzmunter.

„Magst du Kaffee oder Tee?“, bot Amanda an, während Eileen neben Annalena Platz nahm. Die Kids platzten fast, so sehr wollten sie vom gestrigen Abend und von ihren neuen Plänen erzählen.

„Dann hattet ihr offenbar viel Spaß?“ Eileen lächelte. „Und du hast alles gut überstanden?“

Amanda sah genauso übernächtigt aus wie sie selbst. „Oh ja, aber die vier haben später noch eine Mitternachtsparty draus gemacht.“

„Wir fünf meinst du sicher?“, quietschte Mia auf, während Buddy heftig mit dem Schwanz wedelte, als könnte er sie tatsächlich verstehen. Und schon waren die neu erkorenen fünf Freunde nicht mehr auf ihren Stühlen und Sitzbänken zu halten.

„Bei unseren Nachbarn ist gestern Nacht eingebrochen worden“, platzte Eileen heraus.

Amanda musste schlucken. „Oje, das ist ja sicher ein furchtbarer Schock! Das passiert immer öfter in der Vorweihnachtszeit."

Annalena runzelte die Stirn. „Und leider kommen die meistens davon, die Aufklärungsquote ist sehr niedrig." Besorgt sah sie Eileen an. „War nicht bei euch letztens auch fast etwas passiert?"

Eileen nickte. „Ja, Camille hatte es durch ihr beherztes Eingreifen verhindert. Und sich dabei böse verletzt." Eine Weile schwiegen sie, während die Kids durch die Wohnung tobten. Irgendwie musste sie jetzt etwas Positives loswerden. „Wisst ihr was? Ich habe eine Einladung zur Weihnachtsgala bekommen! Für Freitag." Sie strahlte über das ganze Gesicht und war ganz überrascht, dass beide Frauen sie anstarrten. Eileen war verunsichert. Hatte sie etwas Falsches gesagt?

„Freitag? Okaaay..." Amanda dehnte ihre Worte, während Annalena nur irritiert die Stirn runzelte.

Unverständnis

Plötzlich fiel es ihr wieder ein, und Eileen wäre am liebsten in das nächste Mauseloch gekrochen. Wie hatte sie das Highlight der Kids bloß vergessen können? Sie hatten gestern doch noch so intensiv darüber gesprochen. Eileen schalt sich eine Rabenmutter. „Die Weihnachtsfeier im Kindergarten! Ich sage natürlich ab. Das geht für mich vor“, beeilte sie sich, ihren Fauxpas wettzumachen.

Allgemeines Aufatmen und die Gespräche plänkelten bald weiter, an denen Eileen sich jedoch nur noch sporadisch beteiligte. Ihre Gedanken waren bei Simon. Würde er verstehen, dass sie absagen musste? Vielleicht konnte er die Karten ja noch zurückgeben? Bald brachen sie auf, die Müdigkeit würde bei den Kids früh genug durchkommen. Und Lukas war dann immer sehr schlecht gelaunt, da war man besser daheim.

„Sorry, ich muss unseren Termin mit der Weihnachtsgala am Freitag leider absagen. Dabei hatte ich mich schon sehr darauf gefreut. Aber Freitag ist auch die Kita-Weihnachtsfeier, wo Lukas den Josef spielt. Ich weiß nicht, wie ich das vergessen konnte! Und mein Sohn wäre sehr enttäuscht, wenn ich nicht dabei wäre. Das bringe ich einfach nicht übers Herz. Es tut mir leid!“ Sie redete ohne Punkt und Komma.

Schweigen am anderen Ende der Leitung. „Oh. Das ist wirklich sehr schade!“ Er schien zu überlegen. „Habt ihr nächsten Sonntag schon etwas vor?“

„Nein, wir haben noch nichts geplant.“

„Okay, vielleicht kann ich umtauschen. Ich muss leider auflegen, ich muss noch in den Christinenstift."

Arbeitete er etwa auch sonntags? Eileen beschloss, ihn bei Gelegenheit darauf anzusprechen.

Ein paar Tage später klingelte es, und Simon stand unverhofft vor der Tür. Sein breites Lächeln war ansteckend, sie musste es einfach erwidern. „Komm doch rein."

Sie gingen in die Küche, wo Lukas und Camille bei Kakao und Tee saßen. „Magst du etwas trinken?"

Er schüttelte den Kopf. „Ich will nicht lange stören. Ich war nur in der Gegend und dachte, ich bringe euch die umgetauschten Karten für die Weihnachtsgala am Sonntag direkt vorbei." Er reichte Eileen vier Tickets.

Sie strahlte. Er verstand es wirklich, sie zu überraschen. „Danke! Schön, dass es geklappt hat."

„Weihnachtsgala?" Lukas starrte ihn an. Darunter konnte er sich nichts vorstellen.

„Das ist mit Pferden und soll ganz toll sein. Versprochen, es wird dir gefallen." Simon lächelte ihn an.

„Das ist wirklich sehr nett, dass du uns auch mit einlädst, vielen Dank! Wir sagen sehr gerne zu." Camille freute sich sichtlich.

„Wir werden nur den Nachbarn Bescheid sagen, dass sie ein wenig nach dem Rechten sehen, damit wir nicht noch mal eine so böse Überraschung erleben."

Lukas war am Tag der Weihnachtsaufführung ganz zappelig. Ihm fiel alles runter und vor lauter Aufregung überschlug sich seine Stimme mit jedem Satz.

„Viel Glück, du wirst das super machen!", rief Camille ihm aufmunternd nach, als sie aufbrachen. Eine unachtsame Bewegung hatte ihr einen leichten Hexenschuss beschert, den sie auskurieren musste.

Und tatsächlich gab Lukas den stolzesten Josef ab, den es jemals gegeben hatte. „Habt ihr eine Herberge für uns? Meine Frau ist schwanger", kämpfte er sich tapfer durch die vielen Absagen bei den Herbergsvätern in Bethlehem. Und konnte seiner Maria, alias Mia, schließlich doch nur einen Stall bieten. Auch Max und Nele glänzten in ihren Rollen im Weihnachtsstück als Melchior und Erzengel Gabriel. Eileen machte viele Fotos und kleine Videos, damit sie Camille alles zeigen konnten. Sie war überrascht, dass Moritz auch gekommen war, denn bislang hatte er sich vor solchen Veranstaltungen gerne gedrückt. Nach der Vorführung standen sie noch lange mit Annalena, Patrick und Amanda zusammen, während die Kids durch die Kita tobten. Auch Caro war dabei. Sie war extra aus Lissabon nach Hause gekommen, um die Aufführung ihrer Nichte und ihres Neffen zu sehen. „Ich werde nach Weihnachten endgültig nach Portugal gehen", verkündete sie überglücklich. „Pedro und ich wollen in seinem Haus noch einiges umgestalten, es ist alles so aufregend!"

Ein mutiger Schritt. Doch ihre Freude würde sicher nicht jeder hier teilen. Eileen beobachtete Moritz von der Seite, der sich bei diesen Neuigkeiten jedoch nichts anmerken ließ. Doch sie kannte ihn schon lange genug, um zu wissen, dass es in ihm brodelte. Hoffentlich würde er die Nachricht irgendwie verarbeiten, er ließ es in letzter Zeit zu häufig an ihr aus. Noch wirkte das Treffen ganz harmonisch, zumindest von außen betrachtet. Befreundete Familien, die gemütlich zusammenstanden. Eileen dachte an Sonntag und freute sich schon sehr darauf.

Mit Lukas, Camille und Simon würde alles deutlich entspannter sein. Sie hoffte, dass ihre Tante bis dahin wieder fit war.

Und so sollte es auch sein. Die Weihnachtsgala war ein voller Erfolg. Vor allem Lukas war kaum zu bremsen. Und als er zum Schluss sogar das Pferd streicheln durfte, das ihm am besten gefallen hatte, war es völlig um ihn geschehen. Auch Simon hatte sichtlich Spaß an dem Familienausflug und lud sie nach der Gala noch zum Essen ein. Alles fühlte sich so leicht und richtig an.

Camille beobachtete Eileen während des Abends genau. Als Simon zur Toilette ging, sprach sie ein Thema an, das ihr auf dem Herzen lag. „Sag mal, Eileen. Wie planst du eigentlich, Weihnachten zu feiern?"

„Papa und Simon kommen natürlich beide", platzte Lukas mit der Selbstverständlichkeit eines Trennungskindes heraus, das alle seine Herzensmenschen integrieren wollte. Und Simon gehörte seit Kurzem offenbar auch dazu.

Eileen verschluckte sich fast an ihrem Wein. Allein beim Gedanken, mit Moritz und Simon an einem Tisch zu sitzen, drehte sich ihr der Magen um. Sie sah bereits die Fetzen zwischen den beiden Männern fliegen, denn Simon würde sich Moritz' Unverschämtheiten sicher nicht lange gefallen lassen.

„Wohin soll ich kommen?" Unbemerkt war Simon an den Tisch getreten und streichelte Eileen sanft über den Rücken.

Es war klar, dass er alles mitbekommen hatte.

„Wir sprachen gerade von Weihnachten und wie wir die Feiertage verbringen wollen." Eileen versuchte, ganz unbefangen zu klingen. Sie war selbst überrascht, dass es ihr halbwegs glückte.

„Heiligabend hole ich meine Mutter zu mir. Aber vielleicht können wir den ersten oder zweiten Feiertag zusammen verbringen?“ Und dann wandte er sich an Lukas: „Was wünschst du dir eigentlich zu Weihnachten?“

„Die Liste hat doch der Weihnachtsmann“, gab Lukas mit großen Augen zurück.

Mit einem Augenzwinkern zu Eileen antwortete Simon ebenso ernsthaft: „Na, dann werde ich den Weihnachtsmann doch einfach mal fragen.“

Eileen schmunzelte und nickte ihm lächelnd zu. Er hatte wirklich gut reagiert. Und sie war froh, dass die Feiertage auch gleich geklärt waren. Das mit der Patchworkfamilie war doch schon ganz schön kompliziert!

Lukas war begeistert vom Krippenspiel der Vorkonfirmanden und kommentierte auf der Rückfahrt die einzelnen Rollen in dem Weihnachtsstück. Eileen und Camille mussten darüber lächeln. Ein Blick auf die Uhr zeigte, dass sie rechtzeitig zu Hause angekommen waren, denn Moritz würde bald vorbeikommen. Eileen hoffte sehr, dass es zumindest am Heiligabend friedlich ablaufen würde. Lukas hatte darauf bestanden, dass sein Papa vorbeikommen durfte, und so hatte sie sich widerwillig darauf eingelassen.

Doch ihre Sorge um den Weihnachtsfrieden war unberechtigt. Moritz überreichte ihr einen wunderschönen Strauß Christrosen. Während sie mit Camille das Abendessen zubereitete, beobachtete sie die beiden aus den Augenwinkeln. Sie waren mit Feuereifer dabei, den Weihnachtsbaum zu schmücken. Lukas wollte unbedingt rote und blaue Kugeln für den Baum haben, und natürlich auch die selbstgebastelten Strohsterne aus der Kita. Moritz befestigte noch die Lichterkette und setzte dem Baum eine rote Spitze auf.

„Das ist der schönste Weihnachtsbaum überhaupt", schwärmte Lukas, während sie ganz klassisch Würstchen mit Kartoffelsalat aßen. Alle bemühten sich um eine harmonische Stimmung, und der herrliche Duft nach Essen, Gebäck und frischer Tanne tat sein Übriges. Sie hatten kaum richtig angefangen zu essen, da wurde Lukas schon ganz unruhig, so sehr freute er sich auf seine Geschenke. Und der Weihnachtsmann, alias Moritz, hatte mit der Carrera Rennbahn den Nagel auf den Kopf getroffen. Begeistert fuhren die beiden rasante Rennen, während Eileen und Camille die Küche in Ordnung brachten. Es war ein Kompromiss, mit dem sie alle gut leben konnten.

„Danke, dass ich kommen durfte", sagte er zum Abschied und drückte seinen Sohn.

„Frohe Weihnachten, Moritz." Sie nickte ihm freundlich zu. Besser hätte es nicht laufen können.

Am ersten Weihnachtstag waren sie bei Simon eingeladen, und er stellte sich als exzellenter Koch heraus. „Du könntest glatt ein Restaurant eröffnen!", lobte Camille überschwänglich, als sie sich einen weiteren Nachschlag gönnte. Auch Eileen stimmte dem begeistert zu und ließ sich gerne ein zweites Stück vom Gänsebraten auftun.

Nach dem Essen wurden die Geschenke überreicht. Lukas strahlte vor Begeisterung, als er Simons Weihnachtsgeschenk auspackte, einen Lego-Kran. „Natürlich kam der vom Weihnachtsmann persönlich", zwinkerte Simon ihm zu.

Sie spielten den Abend ‚Mensch ärgere dich nicht' und Memory. „Schon wieder eine sechs", jubelte Lukas und zog bald mit seiner letzten Figur an allen vorbei ins Ziel. Doch auch beim Memory stand der Gewinner schnell fest.

„Wie du dir das alles merken kannst!“, lobte Eileen ihren Sohn, als er schon wieder zwei gleiche Karten umdrehte.

„Ich habe einfach Glück“, erklärte Lukas ganz selbstverständlich, während sie gemeinsam die Spiele einräumten. Und brachte damit die Erwachsenen zum Schmunzeln.

Camille und Lukas waren schon zum Auto gegangen, sodass sie sich ungestört verabschieden konnten. Beiden fiel es schwer, sich voneinander zu trennen.

„Es war ein wunderschöner Abend! Und du kannst stolz sein auf deine tolle Familie!“

„Damit hast du gleich doppelt recht!“ Sie lachte ihn an. „Dann sehen wir uns Silvester?“

„Ich kann es kaum erwarten!“

Mit klopfendem Herzen folgte Eileen schließlich ihren Lieben.

Der 31. Dezember begann mit einem Geburtstagsfrühstück für Eileen. Ihr Geburtstag ging aufgrund des Datums fast immer unter, doch diesmal hatte sie Annalena und Amanda eingeladen und die Frauen verbrachten einen entspannten Vormittag zusammen, mit Prosecco und Lachs, frischen Brötchen und Obstsalat. Während die Kids erstaunlich ruhig in Lukas’ Zimmer spielten, schenkte Eileen noch einmal nach.

„Auf dich, Eileen! Und auf ein glückliches, gesundes neues Lebensjahr!“

Ihre Gläser klirrten beim Anstoßen. Eileen hoffte sehr, dass es wirklich so kommen würde.

Es wurde Zeit zum Aufbruch. „Soll ich Lukas gleich mitnehmen?“, bot Annalena zum Abschied an. Er war bei Max und Nele zu einer Übernachtungsparty eingeladen.

Lukas nahm ihr die Entscheidung ab, denn er hatte seine Sachen schon zusammengepackt. Eileen lachte und wuschelte ihm unter schwachem Protest die Haare durch. „Viel Spaß, mein Großer! Wir sehen uns dann im nächsten Jahr!“ Sie gab ihm einen Kuss auf die Stirn, was er gnädig zuließ, und danach war es still im Haus. Camille half ihr noch beim Aufräumen, bevor sie später bei Jürgen und Maggie nebenan eingeladen war.

Eileen grinste in sich hinein. Es war schon ewig her, dass sie Silvester sturmfrei hatte. Sie würde den Abend mit Simon verbringen, was ihr allein beim Gedanken daran Herzklopfen bescherte. Pünktlich um 19 Uhr holte er sie ab und sie fuhren zu einer Party aus seinem Bekanntenkreis. Nach einem leckeren Büfett war die Tanzfläche eröffnet. Endlich wieder abtanzen! Und soweit ihr Bein mitspielte, würde sie genau das tun. Erfreut stellte sie fest, dass Simon ein guter Tänzer war.

Eileen genoss diese neue Lebensfreude, am liebsten hätte sie dieses Gefühl festgehalten. Um fünf vor zwölf zog sie Simon lachend an sich. „Du hast noch fünf Minuten Zeit, ein Geburtstagskind zu küssen“, hauchte sie ihm ins Ohr.

Neujahrsmorgen und Frühstück im Bett – Eileen konnte sich nicht daran erinnern, wann sie das letzte Mal derart verwöhnt worden war. Auf ganzer Linie. Genüsslich räkelte sie sich im Bett und zog sogleich Simons Aufmerksamkeit wieder auf sich.

Er lachte. „Soll man nicht immer dort weitermachen, wo man aufgehört hat?“ Zärtlich küsste er sie, was sie lachend erwiderte. Sie hatte keine weiteren Einwände.

Der Tee war ebenso wie die Rühreier längst kalt, als sie erneut ans Frühstück dachten. „Ich mache uns alles noch mal neu“, schlug er vor und verschwand in der Küche. Eileen sah ihm nach und sank lächelnd in die Kissen zurück. Ja, so schön konnte das neue Jahr gerne weitergehen.

„Ich komme übrigens noch immer nicht darüber hinweg, dass du mir deinen Geburtstag fast verschwiegen hättest!“ Kopfschüttelnd kam Simon mit dem vollen Tablett zurück und sie ließen es sich schmecken. „Ich habe jetzt noch nicht einmal ein Geschenk für dich!“ Es tat ihm sichtlich leid.

Sie lachte. „Das macht gar nichts, der Tag geht ohnehin immer unter. Außerdem bist du das schönste Geschenk, das du mir machen konntest!“

„Tatsächlich?“ Er grinste. „Wenn dich meine Blessuren nicht stören.“

Vorsichtig küsste sie seine lange Narbe am Arm. Was hatte er für ein Glück gehabt. Und Daniele erst. „Nein. Du bist mein Held.“ Sie lachte ihn an. „Ich habe dafür einige Narben am Bein, das ist somit ausgeglichen.“ Wie konnten sich zwei Menschen nur so ähnlich sein?

Nachdem er ein paar Neujahrsgrüße verschicken wollte, sah er lachend von seinem Handy auf. „Da trifft es sich doch gut, dass unsere Sternzeichen hervorragend harmonieren. Steinbock und Jungfrau sind für die Ewigkeit geschaffen, lese ich gerade.“

„Daran glaubst du? Lass sehen.“ Sie kicherte und versuchte, ihm sein Handy abzunehmen. Jahreshoroskope waren doch immer wieder spannend.

„Bei diesem guten Omen immer." Mit Schalk im Nacken grinste er sie an.

Es klang witzig und entspannt, doch Eileen spürte, dass es ihm ernst war mit ihr. Auch er war nicht auf eine harmlose Liebelei für den Moment aus, sondern sehnte sich wie sie nach einer glücklichen Beziehung. Aufmerksam sah sie ihn an, bevor sie ihn sanft küsste. Dieser Kuss schmeckte nach mehr, nach einem Versprechen. Vielleicht lag zumindest dieses Horoskop genau richtig? Sie war nur zu gerne bereit, es zu glauben.

Später gingen sie Hand in Hand am Kanal spazieren und sprachen wie selbstverständlich über ihre Zukunftspläne und die Vorstellung des Zusammenlebens. Erfreut stellte Eileen fest, dass sie sich ganz wunderbar ergänzten.

„Das Saubermachen gehört nicht unbedingt zu meinen Lieblingsaufgaben", gestand er. „Aber dafür koche ich leidenschaftlich gerne und kaufe alles frisch ein."

Er warf damit ein ordentliches Pfund in die Waagschale. „Diese Aufgaben gebe ich sofort ab", grinste sie. „Dafür übernehme ich glatt den Ordnungspart. Es ist doch schön, wenn alles frisch riecht."

Beide mussten lachen. „Okay, der Deal gilt."

„Mir ist es wichtig, dass ich in meinem Job richtig Fuß fasse und mich darin verwirklichen kann. Jetzt, wo ich endlich weiß, was ich will."

Er nickte. „Das verstehe ich nur zu gut. Man muss etwas finden, was einen ausfüllt. Einen Job nur abzusitzen, macht einfach unzufrieden." Eine Weile gingen sie schweigend nebeneinanderher, dann setzte er erneut an. „Ich habe mir übrigens immer eine Familie gewünscht", schwärmte er und lachte sie an. „Und dann lerne ich eine wunderbare Frau mit ihrem tollen Sohn kennen.“

„Wir sind halt heute bei ‚Wünsch dir was‘“, kommentierte Eileen und zwinkerte ihm zu. Es versprach, einer dieser Tage zu werden, die perfekter gar nicht sein konnten.

Dann stellte Simon eine Frage, die sie einfach nicht mehr losließ: „Sag mal, wohnt deine Tante eigentlich schon immer bei euch?“

„Nein.“ Ungewöhnlich, dass sie mit Camille darüber bislang noch gar nicht gesprochen hatte. Dabei redeten sie doch sonst über alles Mögliche und waren sich sehr nahe. „Camille ist letztes Jahr im November spontan vorbeigekommen, als Moritz und ich uns getrennt hatten. Sie hat mich unterstützt, denn ich war mental und gesundheitlich etwas angeschlagen. Und seitdem wohnt sie mit uns zusammen im Haus.“ Wenn sie jetzt darüber nachdachte, kam ihr die Wohnsituation doch irgendwie merkwürdig vor, so sehr sie ihre Tante auch liebte. Eileen beschloss, Camille bei Gelegenheit darauf anzusprechen, wie lange sie noch vorhatte, zu bleiben. Sie hoffte, dass sie sie mit dieser Frage nicht kränken würde. Sie seufzte, denn dafür hatte sie leider ein Talent.

Es wurde Zeit, aufzubrechen. Während der Fahrt zu ihr nach Hause fiel ihr auf, dass er immer wieder die Nase hochzog. Irgendwann reichte sie ihm grinsend ein Taschentuch. Seine Hand zitterte leicht, als er es entgegennahm.

Er schien angeschlagen. „Ich hoffe, bei dir ist keine Erkältung im Anmarsch?“

„Ach was, so schnell haut mich nichts um“, wischte er ihre Bedenken weg.

Wie peinlich, sie musste sich das Bemuttern abgewöhnen. „Magst du noch mit reinkommen und ‚Hallo' sagen?"

„Das würde ich wirklich gerne, aber ich muss noch mal in den Christinenstift."

Irritiert sah sie ihn an: „Du willst heute schon wieder arbeiten?" Hallo, es war Neujahr?!

„Nein." Traurig sah er ihr in die Augen. „Ich besuche meine Mutter. Sie ist dement, ich konnte sie nicht länger zu Hause pflegen."

Sie spürte seinen Schmerz fast körperlich. Sanft legte sie ihre Hand auf seine. „Das tut mir leid! Ich weiß gar nicht, was ich sagen soll. Möchtest du, dass ich dich begleite?"

Er verzog das Gesicht. „Das muss dir nicht leidtun. Danke, aber ich fahre besser allein zu ihr, fremde Menschen machen sie nervös. Die Krankheit ist leider schon fortgeschritten." Er atmete hörbar aus, als wollte er die bedrückenden Gefühle wegatmen. Eine Weile herrschte Schweigen. Dann sah er sie liebevoll an. „Es war wunderschön mit dir. Ich freue mich, wenn wir uns Mittwoch wiedersehen."

„Ja, das war es wirklich! Bis Mittwoch."

Sein Kuss versetzte sie in Hochstimmung, ein Teil von ihr wäre am liebsten geblieben. Sie winkte ihm zum Abschied. Kurz dachte sie, dass sie in einer Minute mehr über ihn erfahren hatte als in den Wochen zuvor. Und sie hatte das unbedingte Bedürfnis, ihn wieder zum Lachen zu bringen.

„Mama!" Lukas kam auf sie zugestürmt.

Liebevoll drückte sie ihren Sohn an sich. Doch dann merkte sie, dass sie innerlich noch gar nicht richtig umgeschaltet hatte. Sie riss sich zusammen, denn dafür konnte Lukas schließlich nichts. „Mein Schatz, ich hoffe, du hattest eine aufregende Silvesterfeier?“ Sie bemühte sich, leichthin zu klingen.

„Frohes neues Jahr, Eileen!“ Annalena hatte Camille Gesellschaft geleistet und beide erhoben sich vom Küchentisch, um sie in die Arme zu nehmen. „Die Kids waren unermüdlich. Patrick hatte genügend Böller besorgt. Wir haben Spiele gespielt und getanzt.“

„Sogar mit Luftballons, das war lustig! Und wir durften vorher die ganze Wohnung mit Luftschlangen schmücken, Mama! Und dann haben wir Bleigießen gemacht.“

„Und was konntest du daraus erkennen?“ Eileen erinnerte sich an die letzten, vollkommen missglückten Versuche, als Moritz und sie noch zusammen waren. Er hatte nie die Geduld für Interpretationen gehabt, und schließlich hatte sie die Bleiklumpen frustriert entsorgt.

„Ein Hufeisen“, erklärte Lukas stolz. „Das heißt, ich werde dieses Jahr ganz viel Glück haben!“

„Das wirst du ganz sicher, mein Schatz!“ Eileen drückte ihn an sich. Das wünschte sie ihrem Sohn von Herzen.

„Ich hoffe, du hast auch einen schönen Silvesterabend gehabt, Camille?“ Eileen lächelte ihre Tante an, als sie zusammen wieder Platz genommen hatten. Das neue Jahr sollte ganz entspannt starten, sie schenkte sich einen Tee ein.

„Oh ja, Maggie ist eine perfekte Köchin. Jürgen und sie hatten noch einen Bekannten eingeladen. Christoph heißt er. Ein wirklich sehr netter Mann und weitgereist. Er spricht mehrere Sprachen, und sogar sein Französisch ist ganz ordentlich. Er hat mich für Freitag in einer Woche zum Essen eingeladen.“

Das war süß! Annalena zwinkerte Eileen zu. „Ich muss leider los. Habt noch einen schönen Neujahrstag!“, verabschiedete sie sich, und Eileen brachte sie zur Tür.

Sie fühlte sich übergangen. Ärger stieg in ihr hoch, als sie zu ihrer Tante zurückkehrte. Camille hatte offenbar keinerlei Pläne, nach Hause zu fahren! Das musste sie jetzt doch einmal ansprechen. „Aha, dann bleibst du also noch zwei Wochen?“ Ihr Ton klang spitzer als beabsichtigt, sie hörte es selbst.

Camille hob die Augenbrauen. „Wie kommst du denn darauf?“ Sie war vollkommen perplex.

„Na, ich vermute mal, dass du so lange bleiben willst, bis du deinen neuen Bekannten getroffen hast? Die Einladung galt sicher nicht für Frankreich?“

„Nein, natürlich nicht.“ Irritiert sah Camille sie an. „Ich habe darüber noch gar nicht nachgedacht. Ist das wichtig?“

Nicht einmal nachgedacht?! „Das überrascht mich“, platzte Eileen eine Spur zu heftig heraus. „Wie lange hattest du deinen Besuch denn ursprünglich geplant?“

Sie konnte Camille ansehen, dass sie verstand. Sofort stand ihr die Empörung ins Gesicht geschrieben, sodass Eileen schon wieder versuchte, zu beschwichtigen. „So war das jetzt auch nicht gemeint. Das brauchen wir gar nicht heute klären.“

Betretene Stille trat ein. Camille starrte ihre Nichte an, die sich unter ihrem Blick fühlte wie ein Elefant im Porzellanladen. „Doch, das müssen wir sogar“, antwortete Camille in kühlem Ton. „Wenn es dir nicht wichtig wäre, hättest du es schließlich nicht angesprochen. Dann will ich dir mal nicht länger zur Last fallen.“

„Warte, Camille! Das kam vollkommen falsch rüber.“

„Da gibt es nichts falsch zu verstehen. Jedes weitere Wort ist verschwendet, ich reise heute noch ab.“ Camille erhob sich und verließ hocherhobenen Hauptes den Raum. Entsetzt sah Eileen ihr hinterher. Sie hatte es mal wieder vermasselt! Wie konnte sie das bloß wieder gutmachen?

Reinen Wein einschenken

Camille konnte sich nicht erinnern, wann sie sich zuletzt so gekränkt gefühlt hatte. Und das ausgerechnet von ihrer geliebten Nichte! War sie nicht immer für sie dagewesen? Aber wenn sie unbedingt an Neujahr ansprechen musste, dass ihre Anwesenheit sie störte, brauchte es für sie kein weiteres Gespräch. Sie hatte schließlich ihr eigenes Zuhause im schönen Frankreich. Wütend zerrte sie ihren großen Reisetrolley unter dem Bett des Gästezimmers hervor und schmiss ihn aufs Bett. Ihre Kleidung hatte sie immer gut sortiert, so konnte sie sich jetzt ein langes Zusammenlegen sparen. Schnell war der Koffer gefüllt. Energisch stellte sie ihn an die Tür.

Schade um die neuen Kontakte, die sie sich aufgebaut hatte. Aber wenn sie hier unerwünscht war, würde sie halt nach Frankreich zurückkehren, in ihre eigenen vier Wände in Montélimar. Der Gedanke an das Haus trat eine Welle der Erinnerungen los und zwang sie, sich zu setzen. Ihr Traumhaus. Sie hatte es zusammen mit ihrem geliebten Albert aufgebaut. Selbst nach seinem Tod vor fünf Jahren hatte sie nicht eine Sekunde überlegt, ob sie dort allein weiter wohnen würde. Es war für sie selbstverständlich gewesen, obwohl sie mehrere lukrative Angebote für das Haus erhalten hatte. Doch der letzte Sommer hatte alles verändert. Der schlimme Überfall mit den traumatischen Folgen, Lukas' Entführung und Eileens schwerer Unfall. Allein bei der Erinnerung daran kamen ihr die Tränen. Wollte sie wirklich in dieses Haus zurückkehren, in dem sie allein kein Auge mehr zubekam? Ihr Blick fiel auf die Schlaftabletten auf ihrem Nachttisch. Bis heute war sie von den Schlafstörungen nicht völlig befreit, aber hier hatten zumindest die Albträume nachgelassen. Sie hörte Lukas im Nebenzimmer seinen Kran zusammenbauen. Er schimpfte laut, wenn es nicht gleich auf Anhieb klappte. Wider Willen entlockte es ihr ein Lächeln. Selbst wenn sie sich mit Eileen verkrachte, auf den Jungen würde sie unter keinen Umständen verzichten wollen.

Ein Meisenpaar setzte sich auf ihre Fensterbank, um sich zu putzen. Offenbar hatten sie sich an dem Meisenknödel im Vogelhäuschen satt gepickt. Camille beobachtete sie eine Weile, und ihre Gedanken hörten auf zu rasen, kamen zur Ruhe. Sie musste an Eileen denken. Eileen mit ihrem Pech bei den Männern. Die nun endlich einen Partner gefunden hatte, der sie auch wertschätzte, und mit dem sie offenbar zusammenleben wollte. War es so unrecht von ihrer Nichte, dass sie wissen wollte, wie lange ihre Tante noch unter ihrem Dach wohnen würde? Nie im Leben wollte sie dem jungen Glück im Wege stehen.

Camille wurde erst jetzt bewusst, dass sie sich seit über einem Monat bei Eileen einquartiert hatte, ohne sich anzukündigen, und ohne sie überhaupt nach ihren Plänen zu fragen. Ihr wurde heiß vor Scham. Es musste für ihre Nichte so wirken, als hätte sie ungefragt eine neue Mitbewohnerin erhalten. Und dabei hatte sie bloß erfolgreich verdrängt, dass sie seit dem Überfall im letzten Sommer Probleme hatte, mit denen sie allein nicht mehr fertig wurde. Jetzt erst wurde ihr alles klar. Sie mussten sich wohl doch noch mal zusammensetzen. Aber wie sollte sie nach ihrer Reaktion auf Eileen zugehen?

Camille zuckte zusammen, als es leise an der Tür klopfte.

Wegsehen hilft auch nicht weiter

„Mama, warum ist Tante Camille sauer? Hast du mit ihr jetzt auch Streit wie mit Papa?"

Bestürzt sah sie ihn an. Sie durfte nicht zulassen, dass er jegliches Vertrauen in seine geliebten Menschen verlor. „Nein, mein Schatz. Wir müssen nur etwas klären, da gab es wohl ein Missverständnis", versuchte Eileen, ihren Sohn zu beruhigen. Aber in ihrem Inneren wusste sie, dass sie sich selbst auch Mut zusprach. „Hast du deinen Kran denn schon zusammengebaut? Probier es doch schon mal, ich helfe dir nachher dabei."

Das musste man Lukas nicht zweimal sagen, er hatte noch längst nicht alle seine Weihnachtsgeschenke durchgespielt. Und er liebte alles, was mit Lego zu tun hatte.

Eileen sah in den Wandspiegel und straffte die Schultern. Es half nichts. Sie mussten einmal klären, wie sie es weiter halten wollten. Ursprünglich war Camille nur angereist, um sie nach der Trennung von Moritz zu unterstützen. Es klappte ja toll zu dritt mit ihr, und sie war froh über ihre Gesellschaft. Und für Lukas war es ein Segen, dass seine Tante da war, sie sahen sich ohnehin viel zu selten. Was wollte sie eigentlich? Sie kam sich plötzlich undankbar vor. Wollte sie mit ihrer neuen Liebe wirklich schon so bald zusammenziehen? Auch wenn er der Richtige schien, würde er ihre Gegebenheiten halt akzeptieren müssen. Sie sollten es besser langsam angehen, schließlich musste sich Lukas auch erst mal an die neue Situation gewöhnen. Sie wollte ihn nicht damit überfordern, dass plötzlich ein neuer Mann hier wohnte.

Ein Blick ins Kinderzimmer zeigte ihr, dass Lukas noch lange mit seinem Legospielzeug beschäftigt sein würde. Er war so konzentriert bei der Sache, dass er nicht einmal aufsah. Camille und sie hatten also Zeit für die Fortsetzung ihres Gesprächs. Eileen klopfte an die Tür zum Gästezimmer, bevor sie sie öffnete.

Sie fand Camille in ihrem Zimmer tränenüberströmt auf dem Bett sitzend. In Eileen zog sich alles zusammen, denn so hatte sie ihre mental starke Tante noch nie erlebt. „Oh nein, Camille, ich wollte dich ganz sicher nicht verletzen. Und rausschmeißen wollte ich dich schon gar nicht! Du warst immer für mich da, wenn es mir schlecht ging. Ich komme mir echt mies vor. Es tut mir so leid!“ Mit schnellen Schritten war sie bei ihr, umarmte sie. Doch sie spürte, dass Camille sich versteifte.

„Glaub mir, Eileen, ich wollte dir ganz sicher nicht zur Last fallen! Du hast jetzt einen neuen Freund und möchtest sicher deine Zeit mit ihm verbringen. Und vielleicht auch mit ihm wohnen. Und da wäre ich euch nur im Wege. Vielleicht ist es wirklich besser, wenn ich heute noch abreise.“

Eileen sah den gepackten Trolley an der Tür stehen. Nur wenige Sachen von ihr waren noch nicht verstaut.

„Camille, bitte glaube mir, es tut mir leid! Was für ein missglückter Jahresbeginn! Aber wir müssen das Thema trotzdem besprechen, denn es steht ja zwischen uns. Auch wenn ich es leider völlig falsch angefangen und mich furchtbar ungeschickt ausgedrückt habe.“ Sie berührte ihre Tante sanft am Arm. „Komm, ich mache uns einen Tee, und dann reden wir in Ruhe, wie wir uns das gemeinsam vorstellen. Denn eigentlich finde ich es wundervoll, dich so oft zu sehen. Und Lukas findet das auch!"

Endlich konnte Camille auch darüber reden, was sie wirklich bewegte. Und Eileen war erschüttert über das, was jetzt kam.

„Weißt du, ich konnte nicht einmal mehr in meinem eigenen Haus schlafen, hatte schreckliche Albträume. Nachdem du mit Moritz und Lukas im Herbst abgereist bist, habe ich nachts kein Auge mehr zugetan. Um überhaupt noch ein wenig Schlaf zu bekommen, habe ich starke Schlaftabletten genommen. Ganz ohne sie schlafe ich immer noch nicht." Sie stockte kurz, bevor sie weitersprach. „Und wenn ich in den Keller musste, habe ich Schweißausbrüche und Schwindelanfälle bekommen. Ich habe zum Schluss sogar die Wäsche im Flur aufgehängt, kannst du dir das vorstellen? Ich glaube, meine Freunde haben sich schon richtig Sorgen gemacht. Ich weiß nicht, wie ich da allein rauskomme. Hier bei euch geht es mir besser, deshalb hatte ich es bislang auch nicht so eilig, etwas an der Situation zu ändern."

Eileen nahm ihre Tante in den Arm. „Da hat Edgars Überfall wirklich eine Menge kaputt gemacht. Und bei dir offenbar sehr viel mehr, als ich es jemals geahnt hätte. Wir haben ja nie mehr darüber gesprochen. Aber Schweigen ist auch keine Lösung. Ich hatte mir Hilfe gesucht, um mit dem Erlebten umgehen zu können – vielleicht überlegst du es für dich auch? Ich interessiere mich nicht umsonst für diese Weiterbildung, denn ich möchte andere Menschen darin unterstützen, mit Krisen zurechtzukommen. In den Fachbüchern habe ich gelesen, dass Belastungsstörungen auch zeitverzögert auftreten können, wenn man schlimme Erlebnisse nicht verarbeitet."

„Du machst wirklich genau das Richtige, Eileen. Ich bin mir sicher, dass du deinen Patienten später viel weitergeben kannst. Ich bin sehr stolz auf dich!“ Camille sah sie ernst an. „Und du hast recht, ich sollte mir Hilfe suchen. Ich habe mich ganz schutzlos gefühlt, als ihr nicht mehr da wart. Obwohl meine Nachbarn und Freunde mich unterstützen und ich mit dem Haus und in dieser Gegend in Frankreich so fest verwurzelt bin, graut es mir ehrlich gesagt davor, dort auch nur einen weiteren Tag allein zu leben.“ Camille musste ein paarmal tief durchatmen und starrte eine Weile vor sich hin. Was bedeutete diese Erkenntnis jetzt für sie?

Eileen nickte, ließ ihr Zeit, darüber nachzudenken. Sie versuchte, sich in Camilles Situation hineinzuversetzen. Wie würde es ihr ergehen, wenn sie allein in einem Haus leben müsste, in dem so viel Schlimmes passiert war? Sie konnte die Reaktion ihrer Tante nur allzu gut nachvollziehen. „Ich verstehe dich. Aber ich verbinde auch so viele schöne Erinnerungen mit deinem Haus, mit dieser Gegend. Doch die schönen Erlebnisse werden für dich offenbar von diesen furchtbaren Erinnerungen überschattet.“ Nachdenklich sah sie ihre Tante an. „Was wirst du tun? Hast du schon eine Idee?“

„Ich kann und will nicht mehr dorthin zurück. Am liebsten würde ich das Haus sogar verkaufen!“ Es war das erste Mal, dass sie es aussprach.

Eileen drückte ihre Hand. „Wenn es das ist, was für dich richtig ist, dann hör auf dein Bauchgefühl.“

Camille nickte nachdenklich. „Es ist kein leichter Schritt. Ich habe das Haus damals mit deinem Onkel zusammen aufgebaut. Was er dazu wohl sagen würde? Und wo soll ich dann hin?“

„Ich bin mir ganz sicher, dass Onkel Albert wollen würde, dass du glücklich bist!“ Dann kam ihr ein Gedanke. „Sag mal,

Camille, du fühlst dich doch hier bei uns in Deutschland unglaublich wohl. Du hast sogar schon einige Bekanntschaften geschlossen, und das in der kurzen Zeit. Vielleicht ist jetzt der richtige Zeitpunkt für einen kompletten Ortswechsel."

Camilles Sorgenfalten verschwanden fast völlig, Erleichterung stand ihr im Gesicht geschrieben. „Das stimmt. Aber ich glaube auch, dass es mit uns dreien auf Dauer zu eng unter einem Dach wird. Vor allem, wenn es sich mit Simon und dir so weiterentwickelt. Dann wollt ihr sicher auch für euch sein."

„Mit Simon und mir läuft es wirklich gut." Eileen lächelte glücklich. „Aber ich möchte nichts überstürzen und denselben Fehler ein zweites Mal machen. Außerdem soll Lukas sich in der Situation auch wohlfühlen. Wenn es mal so weit ist, werden wir schon eine Lösung finden. Und bis dahin werden wir halt mal zu viert hier sein, das Haus ist schließlich groß genug. Es besteht keine Eile." Eindringlich sah sie ihre Tante an. „Bitte bleib erst mal bei uns wohnen. Zumindest bis du in Frankreich alles geregelt und hier etwas Passendes für dich gefunden hast."

„Bist du dir da ganz sicher?" Camille sah sie zweifelnd an, doch Eileen war absolut überzeugt.

„Ganz sicher, Camille. Und so eine verbale Spitze wie vorhin wird nie wieder vorkommen, versprochen! Ich habe das Thema nur ansprechen wollen. Auch wenn man den Zeitpunkt und die Art und Weise eindeutig besser hätte wählen können. Aber jetzt haben wir alles geklärt. Du musst dich nicht stressen. Bleib, bis du alles geregelt hast." Lächelnd setzte sie nach: „Lukas und ich würden uns freuen, wenn du dann hier in unserer Nähe bleibst."

Nun konnte Camille wieder lächeln. „Das stimmt, mir wäre es so auch am liebsten. Wir haben uns viel zu selten gesehen in den letzten Jahren, und viel zu wenig voneinander mitbekommen. Das ist jetzt anders geworden, und es ging uns allen dreien gut damit." Sie dachte kurz nach. „Der Sommer ist ein guter Zeitpunkt, um dorthin zu fahren. Und ich weiß ja jetzt, dass ich verkaufen will." Lächelnd sah sie ihre Nichte an. „Wenn du mit Lukas noch nichts weiter geplant hast, vielleicht wollt ihr mich dorthin begleiten? Mit euch an meiner Seite würde mir der Aufenthalt dort bestimmt viel leichter fallen. Was hältst du davon, noch mal eine richtig schöne gemeinsame Zeit in Montélimar zu verbringen?"

Eileen war begeistert und umarmte ihre Tante spontan. „Camille, das ist wirklich die beste Idee, die ich seit Langem gehört habe! Lukas und ich sind dabei!"

Und so wurde es doch noch ein schöner gemeinsamer Neujahrstag.

Eileen hatte Moritz einige Tage lang nicht gesehen. Die letzte Nachricht von ihm war ein ‚frohes Neues Jahr' gewesen. Wie er Silvester verbracht hatte, wusste sie nicht.

„Er trifft sich mit anderen Frauen und geht regelmäßig feiern", setzte Annalena sie in Kenntnis, als sie Lukas vom Spielen abholte. Eileen zuckte nur mit den Schultern. „Soll er mal machen. Ich bin nur für meine Lieben verantwortlich, und da läuft es großartig." Sie winkte der Freundin zum Abschied zu.

„Hat Moritz nicht mitbekommen, dass die Kita wieder aufhat?", wunderte sich Camille.

Eileen verdrehte die Augen. „Ich glaube, er hat gerade andere Prioritäten. Wie gut, dass ich mobil bin und selbst fahren kann."

„Zur Not bin ich ja auch noch da." Simon kam lachend aus dem Bad. Mittlerweile sahen sie sich fast jeden Tag, und er übernachtete ganz selbstverständlich bei ihnen.

„Heute Abend koche ich", rief er Camille zu. Eileen war überglücklich, dass das Miteinander so entspannt verlief.

„Zeigst du mir nachher noch ein paar Gitarrenriffs?", fragte Lukas, während er sich die Schuhe anzog.

„Na klar, Großer, das geht klar!", versprach Simon.

Lukas' Gitarrenspiel hatte sich sehr verbessert, sodass er von seinem Gitarrenlehrer ein dickes Lob erhielt. Seitdem war Lukas stolz wie Oskar. Und als er hörte, dass Simon in einer Band spielte, war Eileens Freund sein großes Vorbild. Sofort verkündete er: „Wenn ich mal groß bin, mache ich das genauso wie Simon: Ich spiele in einer Band und arbeite als Physiotherapeut. Oder vielleicht auch als Arzt."

Eileen grinste über seine Pläne. Ja, warum eigentlich nicht?

Freitagnachmittag, das Wochenende konnte beginnen. Alle waren unterwegs, sodass Eileen die ungewohnte Ruhe genoss. Mit einem Fachbuch und einer Tasse Tee machte sie es sich auf dem Sofa gemütlich. Sie konnte kaum abwarten, bis die Ausbildung endlich begann. Da klingelte es an der Tür, und sie war überrascht, Moritz vor sich zu sehen.

„Hi. Ich wollte Lukas zum Gitarrenunterricht bringen und dann gleich mitnehmen."

Oh nein! Sie hatte völlig vergessen, dass Papa-Wochenende war.

„Sorry, Moritz, das hatte ich ganz verschwitzt! Simon hat Lukas jetzt schon hingebracht. Er kennt Andy noch von einem früheren Auftritt. Ist das nicht witzig?"

„Sehr witzig." Moritz hatte wohl wieder einen sarkastischen Tag, sodass ihr fast das Lachen im Hals stecken blieb. Doch sie wollte sich nicht mehr runterziehen lassen, das war schließlich sein Problem. Sie kam mit ihrem Leben mittlerweile gut zurecht. Ganz ohne ihn.

„Du liest? Das ist ja mal was Neues." Ungefragt nahm er das Buch in die Hand, das sie gerade auf den Tisch gelegt hatte.

„Lehrbuch Heilpraktiker für Psychotherapie." So, wie er es aussprach, konnte er sich weitere Kommentare besser gleich sparen.

„Ja genau, ich lerne schon mal ein bisschen im Voraus, damit ich dann gut mitkomme. Es geht ja bald los." Entschlossen sah sie ihn an. Zwar verspürte sie wenig Lust, sich ihm gegenüber gastfreundlich zu zeigen, aber da er schon mal hier war, konnten sie eigentlich auch gleich die Sache mit dem Haus klären. „Magst du einen Tee? Vielleicht können wir zusammen überlegen, wie wir eine einvernehmliche Scheidung hinbekommen. Wie schon vor einer Weile gesagt, sparen wir beide eine Menge Geld, wenn wir uns einig werden mit Haus, Finanzen, Unterhalt und Betreuung."

„Ein Tee ist okay, aber den kann ich mir auch selbst machen. Es ist schließlich noch nicht so lange her, dass ich hier gewohnt habe." Er zog eine Grimasse. „Du kannst es wohl gar nicht abwarten, bis du mit diesem Typen zusammenziehst."

Eileen stellte ihre Tasse ein wenig zu laut ab, während sie mühsam nach Selbstbeherrschung rang. „Dieser Typ heißt Simon, wie du weißt. Und ich glaube nicht, dass es dich etwas angeht, mit wem ich wann zusammen bin. Also lass uns bitte sachlich miteinander bleiben. Und du hast es gerade selbst gesagt: Du wohnst hier nicht mehr. Warte bitte, ich hole dir etwas zu trinken."

Sie war froh über den kurzen Moment, der ihr zum Nachdenken blieb. Lukas würde mit Simon erst in einer Dreiviertelstunde zurückkommen. Und ihre Tante war bei den Nachbarn zum Kaffee eingeladen, was sich lange hinziehen konnte. Sie hatte also genügend Zeit, um ihrem Ex ihre Vorstellungen zu erklären.

Als sie mit Teekanne, Tasse und Gebäck ins Wohnzimmer kam, hatte Moritz bereits Platz genommen. Auf ‚seinem' Sessel, der nun nicht mehr seiner war, sondern auf dem Simon mittlerweile gerne saß. Eileen schluckte es runter.

„Camilles Kekse? Lecker." Moritz griff gleich zu. „Dann lass doch mal schauen, was du dir gedacht hast."

„Hier ist das Gutachten, das ich inzwischen habe anfertigen lassen." Eileen reichte ihm die Unterlagen. Sie war erstaunt, dass er den Preis für das Haus akzeptierte, den sie ihm vorschlug. Denn sie war keineswegs bereit, sich etwas Neues zu suchen, schon allein Lukas zuliebe. Moritz hatte zumindest den Anstand, nicht jeden Gegenstand aufzurechnen. Ein Großteil der Möbel wollte er ihr ohnehin überlassen. Sie hatte schließlich alles mit viel Liebe nach ihrem Geschmack ausgesucht. Über das Finanzielle würden sie sich schon einig werden, doch am wichtigsten war ihr, dass sie bei allem, was Lukas betraf, zusammenstanden. Aber das gestaltete sich schwieriger.

„Für Lukas ist es das Beste, wenn sich so wenig wie möglich ändert", begann sie vorsichtig und sah bereits, dass sich seine Miene verfinsterte. „Was hältst du davon, wenn er unter der Woche hier wohnen bleibt und jedes zweite Wochenende zu dir kommt? Es wäre praktisch fast so, wie es momentan läuft."

„Damit bin ich auf Dauer nicht einverstanden, dann verbringen Lukas und ich zu wenig Zeit miteinander. Es gibt doch Wechselmodelle, vielleicht spielen wir das einmal durch?"

Eileen sah ein, dass es in diesem Punkt länger brauchen würde, bis sie sich zusammenrauften. Immerhin würde er Unterhalt zahlen. Sie waren also schon ein ganzes Stück weitergekommen.

Als sie nach Moritz' momentanen Plänen fragte, wich er ihr aus. Doch so ernst, wie er sie ansah, lag ihm etwas ganz anderes auf dem Herzen. Worüber wollte er mit ihr reden?

„Es tut mir leid, was ich dir jetzt sagen muss, Eileen. Auch wenn es sich für deine Ohren jetzt so anhört, als wolle ich in deiner neuen Beziehung intervenieren, kann ich es nicht länger für mich behalten. Schon allein wegen Lukas."

Eileen war sich nicht sicher, ob sie ihm nach dieser Ankündigung überhaupt weiter zuhören wollte. Kritisch sah sie ihn an. „Dann schieß mal los." Sie verschränkte die Arme vor der Brust und lehnte sich zurück.

„Ich habe ja schon angedeutet, dass mit deinem Simon was nicht stimmt. Ich kenne ihn von früher. Nicht besonders gut, aber gut genug, um einiges von ihm zu wissen. Und es wundert mich, dass es dir noch nicht aufgefallen ist. Aber dein neuer Freund kokst."

Eileen verstand nicht gleich, was er ihr damit sagen wollte. Oder wollte es auch gar nicht so genau wissen? „Wie bitte?" Ihr Tonfall war scharf, ihre Gesichtszüge verhärteten sich.

„Du weißt es wirklich nicht, oder? Simon nimmt Kokain. Und das nicht erst seit gestern. Ich weiß es von Marco, einem ehemaligen Schulfreund, vielleicht kannst du dich noch an ihn erinnern? Der war lange in der Szene und kennt deinen Neuen ganz gut."

Sie starrte ihn wütend an, während sie langsam die Geduld mit ihm verlor. Trotzdem kreisten ihre Gedanken um das, was sie gerade unfreiwillig über ihren Liebsten erfahren hatte. Das konnte, nein, das durfte nicht wahr sein! Kalt lief es ihr den Rücken herunter. Sie konnte das Beben in ihrer Stimme kaum unterdrücken. „Vielleicht gehst du jetzt besser." Ihre Stimme war so eisig wie der Januarwind, der draußen tobte. Sie erhob sich, und er stand mit auf.

„Ich will doch nur nicht, dass du ins Unglück rennst!"

„Raus! Verschwinde einfach!" Ihre Stimme überschlug sich.

Moritz wandte sich ab. Genau in diesem Moment schloss Simon die Haustür auf und er trat mit Lukas herein.

„Papa!" Lukas stürmte begeistert auf ihn zu. „Du musst dir unbedingt mein neues Lied anhören. Andy meinte, das klingt schon richtig gut!" Ihr Sohn platzte fast vor Stolz.

Moritz drückte ihn an sich. „Na klar. Das machen wir ganz bestimmt, wenn ich dich Sonntag wieder zurückbringe. Aber jetzt müssen wir gleich los." Er nickte Simon nur knapp zu. Und seine Reserviertheit wurde erwidert. So viel offen gezeigte Ablehnung konnte man schlecht ignorieren.

Lukas machte ein langes Gesicht. „Okay. Dann am Sonntag. Ich muss aber noch schnell meine Sachen packen." Es klang so enttäuscht, dass sich Eileens Herz zusammenzog. Sie las ihrem Sohn aus dem Gesicht ab, dass Simon sich die Zeit dafür sofort genommen hätte.

Kurze Zeit später war Lukas so weit, um mit Moritz zu fahren. „Tschüss, Mama, bis Sonntagabend!"

Sie gab ihm noch einen Kuss zum Abschied und sah ihnen nach, wie sie vollbepackt das Haus verließen.

Nun waren Simon und sie ungestört. Doch sie konnte es einfach nicht verhindern, dass das, was Moritz ihr mitgeteilt hatte, sich durch ihr Herz fraß. Immerzu kehrten ihre Gedanken zu dieser Ungeheuerlichkeit zurück.

Simon, der schon begonnen hatte, den Salat für ihr Abendessen anzurichten, fühlte, dass sie ihn genau beobachtete. Überrascht sah er sie an und grinste sein schelmisches Lächeln, das sie so an ihm liebte. „Ist alles okay?“

Eileen zwang sich, zurückzulächeln und die Unbefangene zu spielen. Und doch würde sie von jetzt an ständig auf der Hut sein. Bei jedem Zittern, bei jedem Schweißausbruch, bei jeder Unausgeglichenheit oder laufenden Nase würden ihre Alarmglocken zu schrillen beginnen. Vielen Dank auch, Moritz! Sie schickte ihm bittere Gedanken nach.

„Ja, Schatz, es ist alles in Ordnung“, gab sie so gut gelaunt wie möglich zurück. Und hörte doch, dass es selbst in ihren eigenen Ohren falsch klang.

Missbrauchtes Vertrauen

Eileen war vor allem für Lukas froh, dass Moritz seine persönlichen Bemerkungen bleiben ließ, nachdem sie ihm die Meinung gegeigt hatte. Sie gingen höflich miteinander um. Beide waren bestrebt, dass es nicht erneut zwischen ihnen knallte. Ob ihr Ex eine Neue hatte, wusste sie nicht genau. Er tat ihr leid, dass er einfach nicht mit sich ins Reine kam. Aber damit musste er selbst klarkommen. Zumindest war er zuverlässig, was ihren Sohn betraf, und die wechselseitigen Wochenenden klappten besser als erwartet.

Dafür brachte Simon eine Leichtigkeit in ihr Leben, die sie bislang nicht kannte. Mit seinem Charme und seiner Spontanität verstand er es immer wieder, sie zu überraschen. Sei es ein sportlicher Ausflug oder ein leckeres Abendessen, ihre Lieblingsblumen oder kleine Briefen von ihm, die sie unverhofft irgendwo fand. Ihr zwischenzeitliches Misstrauen ihm gegenüber hatte sich Gott sei Dank nicht bewahrheitet und sie genoss diese Zeit der Verliebtheit. Offenbar war Moritz bloß eifersüchtig auf ihr neues Leben und hatte einen Keil zwischen sie treiben wollen. Schließlich verstand sich Simon hervorragend mit Lukas, was Eileen besonders freute und Moritz maßlos ärgerte.

Camille und sie waren wieder ein Herz und eine Seele. Dass sie im Sommer nach Montélimar fahren würden, erschien ihr ein richtiger Schritt. Auch wenn die Zeit dort sicher für beide mehr Arbeit als Urlaub bedeutete. Sie hoffte nur, dass ihre Tante der Aufenthalt nicht zu sehr belasten würde.

Und sie selbst? Sie freute sich auf ihre Heilpraktiker-Ausbildung, die in zwei Wochen endlich starten würde. Eigentlich konnte das Leben kaum besser laufen als jetzt. Selbst ihre neue Freundschaft mit Annalena und Amanda erwies sich als beständig. Die drei Frauen waren mittlerweile fast so unzertrennlich wie ihre Kids und trafen sich, so oft es irgendwie ging. Eileen freute sich darüber, auch wenn ihr klar war, dass sie eine Lücke schloss, die durch Caros und Jessis Wegzug entstanden war.

Aber immerhin erfuhr sie so auch die Neuigkeiten aus deren Leben, vor allem aus Caros.

„Caro ist sehr glücklich in Lissabon mit ihrem Pedro. Sie hat sich jetzt einen privaten Sprachlehrer genommen, Portugiesisch ist wohl ziemlich schwer zu knacken. Dass sie jemals einen solchen Schritt machen und hier fast alle Zelte abbrechen würde, hätte ich ihr echt nicht zugetraut." Annalena schüttelte den Kopf über ihre Schwägerin und Freundin. Ein bisschen Wehmut schwang mit.

Amanda schmunzelte. „So ganz aus der Welt ist sie ja nicht, und ihre Firma könnte nicht besser laufen. Also wird sie auch ziemlich regelmäßig hier sein."

„Zu diesem Erfolg trägst du aber auch einen nicht ganz unerheblichen Teil bei", nickte Annalena ihr anerkennend zu.

„Das ist die Chance meines Lebens, dass Caro mir die Geschäftsführung kommissarisch anvertraut hat." Amanda strahlte vor Stolz. Mittlerweile hatten sie fast zehn Mitarbeiterinnen, die Caros Entwürfe umsetzten. Eine Weile sprachen sie noch darüber, dann fiel beiden auf, dass Eileen sehr still war. „Es macht dir hoffentlich nichts aus, wenn wir über Caro sprechen?" Mitfühlend sahen sie sie an.

Doch Eileen schüttelte den Kopf. „Das ist schon okay. Ich denke oft an diese verworrene Zeit zurück, es ist so viel passiert."

Noch vor einem Jahr waren Caro und sie Rivalinnen um Moritz gewesen. Ihre Entführung, der schreckliche Unfall, das ewige Hin und Her im Sommer. Und jetzt hatte Caro sich für einen anderen Mann entschieden – und Eileen sich gegen Moritz. Es schien alles eine Ewigkeit her zu sein.

„Und du erhältst auf ewig die Tapferkeitsmedaille!" Annalena strich ihr freundschaftlich über den Arm.

„Blöd für Moritz, dass seine beiden Frauen sich andere Partner gesucht haben. So kann es halt kommen." Amandas schnippischer Kommentar zeigte deutlich, was sie von Moritz' Bäumchen-wechsel-dich-Verhalten hielt. „Dein Simon ist wirklich ein toller Typ, ihr passt so gut zusammen."

„Und wir sind auch ausgesprochen glücklich, ich hätte es mir selbst nicht so zurechtträumen können", schwärmte Eileen. „Er sieht mich so, wie ich mich am liebsten selbst sehen würde." Sie freute sich schon sehr auf ihr Treffen heute Abend.

„Sich gegenseitig zu unterstützen ist so wichtig in einer Beziehung", stimmte Annalena ihr zu, die Caros Bruder schon während des Studiums geheiratet hatte. „Wie ist eigentlich dein Date letzte Woche gelaufen? Erzähl doch mal!", fragte sie Amanda.

Doch die winkte ab. „Der Typ war ein absoluter Reinfall – das tue ich mir nicht noch einmal an. Ich habe jetzt alle Dating-Apps gelöscht und beschlossen, dass ich keinen Mann brauche, um glücklich zu sein."

Eileen warf ihr einen Seitenblick zu. Amanda war der leuchtende Beweis dafür, dass es Frau auch ohne Beziehung hervorragend gehen konnte. Sie sah auf die Uhr. „Oje, ich muss mich leider verabschieden, die Zeit geht immer so schnell rum mit euch."

„Kann Lukas noch bleiben?", fragte Amanda. Annalena bot an, ihn später heimzubringen, wenn die Kids nicht wieder zusammen übernachten wollten.

„Natürlich, das geht klar. Bis nachher", winkte Eileen ihnen zu, während sie zum Auto ging. Ob Simon schon da war? Bei ihrem letzten Kochabend hatte er einfach schon mal begonnen, und es hatte im Flur köstlich nach Curry und Koriander gerochen.

Sie schmunzelte. Nie hätte sie es für möglich gehalten, aber mit Simon machten gemeinsame Kochabende riesigen Spaß. Heute hatten sie sich die indische Küche vorgenommen. Er hatte versprochen, die Zutaten zu besorgen. Sie freute sich schon auf Chicken-Mango-Curry und selbstgemachtes Naanbrot. Beim Gedanken an den Nachtisch lief ihr das Wasser im Mund zusammen. Coconut Ladoo. Sie war eine richtige Naschkatze geworden. Wenn sie so weiter aß, würde sie bald nicht mehr in ihre Jeans passen.

Sie fuhr die Stadtautobahn entlang. Würde sie es noch schaffen, ihr Kleid aus der Reinigung zu holen? Es war nur ein kleiner Abstecher, und dann hatte sie es erledigt. Ein schneller Blick auf die Uhr. Sie würde es riskieren.

Kurz darauf trat sie mit ihrem Kleid über dem Arm auf die Straße. War das dort hinten etwa Simon? ‚Das gibt's ja nicht', dachte sie und rief seinen Namen. Doch er schien sie nicht zu hören, hatte nur Augen und Ohren für den Typen, der bei ihm stand. Eileen sah genauer hin. Irgendwie kam ihr der Kerl schmuddelig vor. Er passte so gar nicht zu ihrem Freund. Doch offenbar kannten sie sich, sogar so gut, dass sie sich umarmten. Sofort spürte sie ein ganz komisches Gefühl in der Magengegend. Und gleichzeitig hörte sie die kleine böse Stimme im Ohr, die Moritz spöttisch recht gab. Eileen schüttelte sie ab. Sie beschloss, ihn nachher endlich einmal darauf anzusprechen.

„Hallo Eileen, da geben wir uns ja heute die Klinke in die Hand.“ Camille hatte sich zurechtgemacht, Eileen nickte ihr anerkennend zu. Richtig, sie war mit Christoph verabredet. „Hab einen schönen Abend!“

„Das wünsche ich dir auch, Liebes! Aber sag mal, hast du dir zufällig 100 Euro aus meinem Portemonnaie geliehen?“ Eileens entsetzten Blick deutete sie falsch: „Ach, das ist doch kein Problem. Aber sag mir bitte das nächste Mal vorher Bescheid.“ Es klingelte, und schon war ihre Tante weg.

Ungläubig starrte Eileen ihr hinterher. Hatte Camille vielleicht ihr Geld verlegt? Sie würde schließlich niemals ungefragt Geld von ihr nehmen, das musste Camille aber wissen. Bei ihrem nächsten Gedanken lief es ihr kalt den Rücken herunter, und ihr Magen zog sich mehr und mehr zusammen. Simon würde doch nicht… Sie musste wieder daran denken, was Moritz gesagt hatte. Sie eilte ins Schlafzimmer, wo sie in einer Geldkassette einen ‚Notgroschen‘ Bargeld versteckt hatte. Eileen hasste sich selbst dafür, aber sie konnte den Drang nicht unterdrücken, nachzuschauen. Es würde schon alles da sein, versuchte sie sich selbst zu beruhigen. Erleichtert stellte sie fest, dass die Kassette noch an ihrem Platz stand. Während sie die Scheine zählte, betete sie inständig, dass nichts fehlte. Doch ihre Nervosität stieg mit jedem gezählten Schein. Verdammt, das durfte nicht wahr sein! Sie zählte wieder und wieder, doch es half nichts: Es fehlten genau 300 Euro!

Ihr Herz raste. Verdammter Mist! Benommen ließ sie sich aufs Bett sinken. Ihr verwirrtes Herz suchte nach Gründen für diesen Verrat. War vielleicht doch eingebrochen worden? Sie verwarf den rettenden Anker sofort. Nichts deutete darauf hin, dass irgendetwas im Haus durchwühlt wurde oder Wertsachen fehlten.

Simon. Sie kannte ihn doch, er liebte sie! Doch je länger sie darüber nachdachte, desto mehr fügte sich alles zu einem Bild zusammen. Einem Bild, das ihr gar nicht gefiel. Sie musste sich dringend Klarheit verschaffen und ihn damit konfrontieren. Hatte sie tatsächlich die Augen davor verschlossen, dass ihr Simon Drogen nahm? Verdammt, war sie so blind gewesen? Sollte ausgerechnet Moritz recht behalten? Die Szene aus der Stadt tauchte vor ihrem inneren Auge auf. Simon zusammen mit diesem kaputten Typen. Und bei Camille und ihr fehlte plötzlich Geld! Selbst wenn sie Herz über Hirn stellte, war es schwer möglich, zu einem anderen Schluss zu kommen. Ihr Atem ging stoßweise, sie konnte sich kaum beruhigen. Hoffte in ihrem Innersten, dass sich doch noch alles aufklären würde, während die Gedanken kreisten.

„Eileen, hier bist du also! Ich..." Gut gelaunt trat Simon zur Tür herein, nur um augenblicklich zu verstummen.

Zu Tode erschrocken fuhr sie herum. Sah in sein Gesicht, das plötzlich kalkweiß wurde. Seine Augen weiteten sich, als er die geöffnete Geldkassette sah. Er, der sonst so charmant, freundlich und um keinen Spruch verlegen war, bekam plötzlich keinen geraden Satz heraus, stammelte nur vor sich hin. „Eileen, lass mich erklären... So war es nicht, ich... Das wollte ich doch längst zurückgeben..."

Mit einer energischen Geste schnitt sie ihm das Wort ab und sah ihm direkt ins Gesicht. Hatte er diese blutunterlaufenen Augen eigentlich schon immer gehabt? Und dieses ständige

Schniefen! Plötzlich sah sie Kleinigkeiten, die sie in ihrer dummen Verliebtheit einfach ausgeblendet hatte.

„Du hast das Geld genommen, Simon! Und von Camille auch, nicht wahr?“ Ihr Blick wurde hart.

Er wich ihr aus. „Ja.“ Seine Stimme war ganz leise. „Es tut mir leid.“

Ihre Augen blitzten vor Wut. „Sag mir verdammt noch mal warum!“

„Ich brauchte das Geld.“

„Für deine Drogen?“ Sie musste es jetzt einfach wissen!

Er sah sie erschrocken an. „Wie… kommst du darauf?“

Sie erhob sich vom Bett, ging mit schnellen Schritten auf ihn zu. Sie waren so nah – und hätten nicht weiter voneinander entfernt sein können. „Ich war vorhin in der Stadt bei der Reinigung und habe dich gesehen. Mit diesem merkwürdigen Typen, ihr hattet etwas ausgetauscht.“

Als er noch immer schwieg, setzte sie mit rauer Stimme nach. „Moritz hatte also recht! Ich habe ihm nicht glauben wollen. Doch deine Reaktion zeigt es mir.“

„Du weißt, dass er bloß Unfrieden stiften will?“

„Um ihn geht es doch gerade gar nicht, sondern um uns! Du hättest mir sagen müssen, was mit dir los ist. Das Geld kann ich dann ja wohl abschreiben. Warum musstest du uns so hintergehen?“

Er wollte sie in die Arme nehmen, sie beschwichtigen. Doch sie stieß ihn von sich.

„Eileen, es tut mir wirklich leid! Ich werde alles wieder gutmachen! Selbstverständlich zahle ich auch alles wieder zurück, versprochen!“

Doch sie hatte endgültig genug von seinem Gestammel. „Verschwinde einfach aus meinem Leben." Ihre Stimme klang so eiskalt, wie sie sich in ihrem Inneren fühlte.

Er zuckte bei ihren Worten und schien vollkommen in sich zusammenzusinken. Mit gesenktem Blick wandte er sich zu gehen.

„Hey!", rief sie ihm hinterher. „Aber lass den Haustürschlüssel hier!"

Absolute Stille erfüllte das Haus. Doch sie war froh darüber, allein zu sein. Allein mit ihrem Kummer und ihrer Fassungslosigkeit. Als Amanda per WhatsApp nachfragte, ob Lukas doch bei ihnen übernachten könnte, sagte sie sofort zu. Camille würde auch erst später kommen. So hatte sie erst einmal die Chance, mit dem Ungeheuerlichen klarzukommen. Und sich gedanklich auf ein Leben ohne Simon vorzubereiten. Seine Drogensucht hatte gewonnen. ‚Aber er liebt dich, warum hast du ihm nicht wenigstens eine Chance gegeben!', schrie ihr Bauch. ‚Aber die Drogen, die liebt er mehr! Du musst dich und deine Lieben schützen!', hielt ihr Kopf entgegen. Die schönen Erinnerungen mit Simon taten nur noch mehr weh. Voller Enttäuschung und Frustration schlug sie wild auf ihr Kissen ein, bis sie nicht mehr konnte. Musste sich setzen, so erschöpft war sie. Wie hatte sie sich nur so irren können?

Es war bereits stockdunkel draußen. Und auch drinnen, denn sie ertrug jetzt einfach kein Licht. Sie sah auf die Uhr, es war fast elf. Sie hatte sich nicht wieder von ihrem Bett gerührt, saß dort seit Stunden und grübelte. Doch jetzt stand sie entschlossen auf. Egal, wie sehr sie dieser Vertrauensbruch belastete, sie würde sich nicht unterkriegen lassen!

Spätes Erwachen

Simons Gedanken rasten und seine Hände zitterten so sehr, dass er kaum das Lenkrad halten konnte. ‚Es ist vorbei, verdammt, was habe ich getan?!' Jede Pore seines Körpers schrie in Verzweiflung. Er liebte Eileen, wie er noch keine Frau geliebt hatte. Doch das würde sie ihm nicht verzeihen! Er würde ihr niemals wieder unter die Augen treten können. Simon schämte sich in Grund und Boden. Er konnte nicht einmal sagen, warum er das Geld genommen hatte. Und warum er sich wieder eingedeckt hatte. Es ging ihm doch gut wie noch nie. Doch das war jetzt Vergangenheit.

Der Schlüssel fiel ihm zweimal herunter, bevor er endlich die Haustür aufschloss und ins Bad stürmte. „Ich Idiot!", schrie er seinem Spiegelbild entgegen. Auch das kalte Wasser im Gesicht brachte keine Erleichterung. Er lief in seiner Wohnung auf und ab, um die Gedanken abzuschütteln, doch es wurde mit jedem Schritt schlimmer. Panik kroch in ihm hoch und schnürte ihm die Luft ab, es fühlte sich an wie Platzangst. Frische Luft, das war sein Überlebensimpuls. Vielleicht würde die ihm helfen, wieder klarzukommen. Ziellos irrte er durch die Straßen. Sah lauter gutgelaunte Menschen, die feiern gingen. Das war das Letzte, wonach ihm jetzt zumute war, also kehrte er wieder zurück. Seine innere Unruhe war nicht mehr in den Griff zu bekommen. Eine Line schien das Einzige zu sein, was ihm helfen konnte. Jetzt war es schließlich auch schon egal. Er hatte Schwierigkeiten, mit seinen zittrigen Fingern das kleine Tütchen aufzubekommen. Als es endlich geschafft war, zog er sofort durch. Schon kurz darauf fühlte er sich gelöst, geradezu euphorisch.

Doch sein Hochgefühl sollte nicht lange anhalten. Simon war sofort nach dem Anruf aus dem Christinenstift herbeigeeilt. Die Heimleiterin nahm sich persönlich die Zeit für ein Gespräch. „Sie ist ganz friedlich eingeschlafen, Herr Bender. Und sie hatte wieder Erinnerungen, fragte nach Ihnen. Natürlich haben wir ihr gesagt, dass Sie unterwegs zu ihr seien. Sie konnte dann ganz friedlich von uns gehen."

Simon nickte, während es in seinem Kopf vor Schmerzen hämmerte. Verdammt, sie war in ihren letzten Minuten ohne einen vertrauten Menschen gewesen. Was hätte er darum gegeben, wenn er sie noch einmal hätte sehen können! Sie war ein ganz wunderbarer und patenter Mensch gewesen vor ihrer Erkrankung, daran würde er sich immer erinnern. Traurig wandte er sich ab. Ihm graute vor den Formalitäten, die nun kommen würden.

„Ähm, Herr Bender, entschuldigen Sie."

Er drehte sich noch mal um.

„Ich weiß, das ist jetzt nicht er richtige Zeitpunkt, aber könnten Sie bitte noch die Zusatzkosten Ihrer Mutter begleichen?" Entschuldigend blickte sie ihn an.

Simon lächelte, während er innerlich fluchte. Seine Mutter hatte es in ihren wenigen lichten Momenten noch so schön wie möglich gehabt, hatte sich Friseur, Fußpflege und Café-Besuch gegönnt. Sein Kontostand war schon länger hoffnungslos überzogen, er dachte mit Grauen daran. Er hoffte bloß, dass die Sterbeversicherung seiner Mutter reichen würde, sie wenigstens würdig zu beerdigen. „Aber natürlich, ich überweise es umgehend."

Das Lächeln fiel ihm aus dem Gesicht, als er sich umdrehte und zu seinem Auto ging. Es fühlte sich an wie der Gang zu seinem Schafott.

„Mein Beileid, Simon! Brauchst du irgendwie Hilfe?"

Daniele stand vor der Haustür. Simon war froh, dass er nach seinem Anruf gleich zur Stelle war. Kurz dachte er an damals, als er Daniele aus dem brennenden Wagen gezerrt hatte. Buchstäblich in letzter Minute vor der Explosion. Seitdem verband die beiden eine enge Freundschaft.

Sein Freund sah sich in der Wohnung um und erfasste sofort die Lage. Simon wollte schon abwiegeln, doch seine Pupillen verrieten ihn. Konnten Danieles kritischem Blick nicht entgehen. „Verdammt, Simon, du bist richtig am Ende."

Es war eine Feststellung, keine Frage. Und Simon hatte keine Kraft mehr, zu leugnen. Trotz seiner Scham musste er sich eingestehen, dass er Hilfe brauchte, und zwar dringend.

Daniele nahm sich der Sache an. Half bei der Beerdigung, klärte die ausstehenden Zahlungen, half bei einem Therapieplatz fern der Heimat und dabei, ein Sabbatical bei Simons Arbeitgeber zu erwirken, sodass sein Ruf in der Rehaklinik keinen Schaden litt.

„Mensch, Simon, warum hast du bloß nicht früher etwas gesagt?" Fassungslos schüttelte er den Kopf, als er ihn zur Entzugsklinik fuhr.

Beschämt sah Simon ihn an. „Ich hab mir lange Zeit selbst etwas vorgemacht, dachte, ich hab die Sache im Griff. Und als ich es endlich schnallte, war ich mir sicher, dass ich es schon allein schaffe, davon wegzukommen. War natürlich ein Irrtum. Und nun habe ich es mir auch bei Eileen komplett verscherzt."

Daniele schüttelte den Kopf. „Versprich mir, dass du es schaffst, davon loszukommen! Du bist ein Kämpfer, und diese Qualitäten wirst du hier auch brauchen. Melde dich, wie es dir geht! Ich hole dich ab, wenn du hier wieder rauskommst."

An Danieles Worte würde Simon in den kommenden Wochen häufig denken müssen. Die Zeit in der Klinik war gefüllt mit extremer Müdigkeit, massiven Selbstzweifeln und Albträumen, die ihn quälten. Sie brachten ihn an seine Grenzen – und weit darüber hinaus. Simon sah viele Mitkämpfer gegen die Sucht scheitern, und jeder Einzelne von ihnen stärkte seinen Willen, sich mit aller Kraft dagegen aufzubäumen. In endlosen Einzelgesprächen arbeitete er seine Suchterkrankung auf. Er hatte sich gegen die Demenzerkrankung seiner Mutter aufgelehnt – und verloren. Dass er sich mit ihrer Pflege total verausgabt hatte, wurde ihm erst jetzt bewusst. Er hatte es für selbstverständlich gehalten, für sie da zu sein. Und mit der bereitwilligen Übernahme der Zusatzkosten für ihre Annehmlichkeiten hatte er sein schlechtes Gewissen betäuben wollen. Erfolglos. Das hatte ihn zusätzlich finanziell überfordert und zu den vielen Überstunden und Nebenjobs getrieben. Seine tägliche Dosis Koks hatte alles erträglicher gemacht und ihn durchhalten lassen. Doch er hatte auf eine tückische Krücke gesetzt, die er allein nicht mehr loswurde. In vielen Gesprächen lernte er Bewältigungsstrategien, die ihm später in schwierigen Situationen helfen würden.

Und auch wenn die Tage sich endlos hinzogen und es sich anfühlte, als wäre das Ende des Klinikaufenthalts unerreichbar – irgendwann war es doch so weit.

„Sie haben es geschafft, Herr Bender. Meinen Glückwunsch!“, nickte sein Arzt im Abschlussgespräch. „Bitte suchen Sie sich vor Ort eine Selbsthilfegruppe oder therapeutische Unterstützung, damit Sie rechtzeitig aufgefangen werden. Und gestehen Sie sich selbst ein, wenn es nicht mehr gehen sollte. Ich wünsche Ihnen alles Gute!“

„Danke. Das werde ich mit Sicherheit tun“, versprach Simon ihm. Und auch sich selbst.

Bei strahlendem Sonnenschein hielt er nach Danieles Wagen Ausschau. Ab jetzt begann ein neuer Lebensabschnitt. Und es gab noch einiges wiedergutzumachen!

Das Leben geht weiter, irgendwie

Camille hatte Eileen am nächsten Tag sofort angemerkt, dass etwas nicht in Ordnung war, und sie darauf angesprochen. Doch mit einem solchen Fiasko hatte sie nicht gerechnet. „Mir fehlen da die Worte, Liebes!“, versuchte sie zu trösten. „Das konnte wirklich niemand ahnen!“

Doch Eileen erlaubte sich keinen Blick zurück, sondern konzentrierte sich auf ihre wahren Lichtblicke im Leben: Lukas und Camille. Und natürlich die langersehnte Weiterbildung, die endlich begann. Bei ihrem Eifer konnte sie schon bald rasche Erfolge erzielen. Es tat gut, sich abzulenken, und in der Klassengemeinschaft fand sie schnell Anschluss. Häufig gingen sie noch nach dem Unterricht aus. Es war ein bunter Zusammenschluss von Leuten jeden Alters, von Burnout-Kandidaten bis zu Menschen, die wie sie selbst lange auf Sinnsuche waren. Doch das Wichtigste war, dass sie sich gegenseitig so akzeptierten, wie sie waren, ohne gleich über den anderen zu urteilen. Das hatte Eileen bislang selten so erlebt. Viel zu häufig war sie mit Vorurteilen konfrontiert worden. Für viele war sie von Haus aus Erbin gewesen, die nie etwas zu Ende bringen musste. Dass es sie innerlich fast zerriss, weil sie nicht wusste, wofür es sich anzustrengen lohnte, tat man als Luxusproblem ab. Aber wehe, sie übernahm nicht spontan jede Rechnung, wenn sie mit anderen unterwegs war. ‚Die ist auch noch geizig‘, las sie dann in den Gesichtern der anderen. Als Mutter war sie ohnehin niemals gut genug gewesen – zumindest nicht in den Augen der anderen Frauen, die Kinder in Lukas’ Alter hatten.

Doch jetzt hatte sie Menschen gefunden, die ähnlich wie sie tickten.

Schon während der ersten Wochen ihrer Ausbildung lernte sie an Fallbeispielen, was ein früher Tod der Eltern, wie in ihrem Fall, bei Menschen auslösen konnte. Sie hatte nicht erwartet, dass dies ein Leben lang belasten konnte. Wenn sie näher darüber nachdachte, war der tragische Unfall und Verlust für viele ihrer späteren Entscheidungen verantwortlich, die ihr nicht unbedingt gutgetan hatten. Sie gewann mit diesem Kurs viele wertvolle Erkenntnisse über sich selbst, die später auch anderen helfen würden. Das erste Mal seit Langem hatte sie den Eindruck, genau richtig zu sein, wo sie momentan stand.

Doch die Themen der Ausbildung betrafen auch ihr Umfeld. Sie lernte, wie eine posttraumatische Belastungsstörung überwunden werden konnte, und atmete für Camille innerlich auf. Ihre Tante war in den letzten Wochen regelrecht aufgeblüht, und das lag nicht nur an ihrer neuen Bekanntschaft. Mit der Entscheidung, ihr Haus in Montélimar zu verkaufen, tat sie genau das Richtige. Denn so würde sie besser mit den schlimmen Erlebnissen abschließen können.

Als das Thema Sucht behandelt wurde, erfasste sie eine plötzliche Traurigkeit. Unwillkürlich tauchte Simons Bild vor ihrem inneren Auge auf. Sie lernte, wie Sucht entstehen und wie sie bewältigt werden konnte. Ihr kam in den Sinn, dass sie jetzt, mit ihrem neuen Wissen, seinen Zustand sehr viel schneller erkannt hätte. Sie war froh, dass ihr gesunder Selbstschutz sie instinktiv vor einer Co-Abhängigkeit bewahrt hatte, die ihm in keiner Weise weitergeholfen hätte. Er musste selbst davon loskommen wollen – und Hilfe annehmen. Sie wünschte ihm so sehr, dass er irgendwann die Kraft dazu fand. Mittlerweile konnte sie seine Sucht als das annehmen, was sie war: eine

Krankheit. Dennoch tat es ihr immer noch weh, wie er sich ihr gegenüber verhalten hatte. Und so brannte sich das ganze Thema unmittelbar in ihr Gedächtnis ein.

Moritz hatte mitbekommen, dass zwischen ihr und Simon Funkstille herrschte. Kam es Eileen nur so vor, oder hatte er tatsächlich ein schlechtes Gewissen? Er wollte mit ihr nochmals über ein mögliches Betreuungsmodell für Lukas sprechen, doch diesmal auf neutralem Boden. Sie nahm seine Einladung zu einem Cappuccino in ihrem ehemaligen Lieblingscafé an, damit es mit der einvernehmlichen Scheidung voranging. So langsam ging ihm wohl ein Licht auf, dass sie mit vorheriger Abstimmung beide besser fuhren.

Lange diskutierten sie, was für Lukas am besten war. Sie fanden eine Lösung, die zu ihnen passte: Lukas würde zwar die meiste Zeit der Woche bei Eileen wohnen, aber nach seinen Wochenenden mit Moritz auch noch Montag und Dienstag bei ihm bleiben.

„Dann ist er meistens in seinem vertrauten Umfeld, aber er erlebt mich nicht nur als gelegentlichen Wochenend-Papa."

Sie nickte hocherfreut. Warum nicht gleich so? Eine Weile tauschten sie sich über Alltägliches aus, als sein „Wie geht es dir wirklich, Eileen?" sie ein wenig aus dem Konzept brachte. Überrascht sah sie ihn genauer an. Empathie und echtes Miteinander hatten ihn bislang nicht ausgezeichnet. Vor allem, wenn es um sie ging. Offenbar waren sie beide dabei, sich zu verändern. Er lächelte sie mit seinen warmen braunen Augen an und sie musste es einfach erwidern.

„Gut geht es mir. Lukas, Camille und ich sind ein eingespieltes Team. Und dass es mit meiner Gesundheit vorangeht, siehst du ja selbst." Noch immer ging sie regelmäßig zu Dr. Steiner, der sehr zufrieden mit ihr war. Simon war ihr dort nicht mehr begegnet. Gott sei Dank verschonte er sie mit Nachrichten oder Kontaktversuchen, sodass sie die Trennung verarbeiten konnte. Doch Moritz gegenüber würde sie das Thema Beziehungen ganz sicher nicht ansprechen.

Sie merkte, dass er sie intensiv ansah.

„Machst du noch immer deine Weiterbildung?"

Sie zog die Augenbrauen hoch. „Natürlich! Was dachtest du? Das Ganze geht mindestens ein Jahr."

„Es tut mir leid, dass ich mich so abfällig dazu geäußert habe. Du kannst stolz auf dich sein, dass du das durchziehst. Ich glaube, du wirst eine sehr gute Heilpraktikerin sein."

„Danke!" Sie konnte nicht verhindern, dass sich ihre Wangen ein wenig röteten. Sie schwieg. So etwas Nettes konnte man auch einfach mal stehenlassen.

Als sie kurze Zeit darauf ihre Tasche schnappte und zur Toilette ging, wunderte sie sich, wie viel sie in der kurzen Zeit gelacht hatten. Fast häufiger als in der gesamten Zeit ihrer Ehe. Sie grinste in sich hinein. Mussten sie erst kurz vor der Scheidung stehen, um sich besser zu verstehen?

Auf dem Weg zurück zu ihrem Tisch bemerkte sie, wie sehr das Café sich gefüllt hatte. Schon von Weitem sah sie, dass ihr Platz neben Moritz besetzt war und unterdrückte den aufkommenden Ärger darüber. Beide saßen mit dem Rücken zu ihr und wirkten sehr vertraut. Die Frau trug ihre kurzen schwarzen Haare zu einem Pixie Cut und ihr Shirt wirkte auch aus dieser Entfernung extravagant. Dann drehte sie sich zur Seite, sodass Eileen ihr Gesicht sehen konnte. Sabrina! War es ein Zufall, dass sie sich in diesem Café trafen! Sie war nicht sicher, ob sie sich darüber freuen sollte, denn sofort stiegen alte Gefühle in ihr hoch. Es tat ihr im Nachhinein leid, dass sie ihre langjährige

Freundschaft mit ihrer Eifersucht aufs Spiel gesetzt hatte. Unzertrennlich waren sie gewesen, bis Eileen ihr irgendwann vorgeworfen hatte, sich an Moritz heranzumachen. Was war sie doch damals für eine dumme Kuh gewesen! Sie war jetzt nur noch wenige Tische entfernt von ihnen. Doch irgendetwas hielt sie ab, zurück zum Tisch zu gehen. Dass eine Kellnerin am Nachbartisch bediente und ihr den Weg versperrte, kam ihr gerade recht. Eileen runzelte die Stirn. Was machte Sabrinas Hand auf Moritz' Arm? Plötzlich wurde ihr klar, was an dem Bild noch störte. Sie starrte auf die großen goldenen Gliederohrringe an Sabrinas Ohren. Sehr auffällig – und von Tiffany. Eileen wurde heiß und kalt, denn jetzt hatte sie die traurige Bestätigung. Genau diese Ohrringe hatte sie vor zwei Jahren in Moritz' Nachttischschrank entdeckt. Sie hatte sich schon sehr auf das Geschenk gefreut, und wollte natürlich ganz überrascht tun. Doch sie hatte vergebens gewartet. Und jetzt wusste sie auch, warum. Sie hatte sich damals nicht getäuscht. Die beiden Menschen, denen sie am meisten vertraute, hatten tatsächlich ein Verhältnis gehabt. Egal, wie sehr sie es vor ihr abgestritten hatten. Um Eileen drehte sich alles, sie bekam kaum Luft. Bloß raus hier, war ihr erster Impuls. Ohne weiter nachzudenken, verließ sie schnurstracks das Café. Sie schnappte nach Luft, hätte sich übergeben können. Eines wusste sie: Ihr Instinkt hatte sie nicht getäuscht.

„Geht es Ihnen gut? Brauchen Sie Hilfe?" Ein Gast, der gerade das Café betreten wollte, sah sie besorgt an.

Eileen sah ihn nur kurz an und schaute dann durchs Fenster des Cafés. Erhaschte einen Blick auf Moritz und Sabrina, die noch immer eng beieinander saßen. Der Boden schwankte erneut unter ihren Füßen, ihr Herz fühlte sich an, als würde es zu stolpern beginnen. Sie wollte allein sein, um sich zu sammeln. „Nein, ich brauche keine Hilfe.“ Sie hörte selbst, dass ihre Stimme zitterte, deshalb versuchte sie es mit Nachdruck. „Vielen Dank, es geht mir wieder gut.“ Fest sah sie ihn an. Er nickte, noch immer ein wenig unsicher, ob er sich doch kümmern sollte.

Wütend und über alle Maßen enttäuscht setzte Eileen sich auf eine nahe gelegene Bank und starrte vor sich hin. Ihre Gedanken rasten, und sie brauchte eine ganze Weile, um wieder klarzukommen. ‚Enttäuschung kommt von Täuschung‘, fiel es ihr plötzlich ein. Und der Spruch traf wirklich ins Schwarze. Sie entschied, dass sie künftig genauer hinsehen würde. Und sich besser einige Menschen vom Hals halten sollte.

Ein etwas anderer Urlaub

Manche Gespräche brachten absolut nichts, Eileen hätte es im Vorfeld wissen müssen. Warum hatte sie sich bloß darauf eingelassen? Doch seine nächsten Worte brachten sie endgültig zur Weißglut.

„Du hast echt einen Knall, dass du mir einen Ausrutscher vorwirfst, der mehr als zwei Jahre zurückliegt“, war Moritz' Kommentar. „Wir beide sind schließlich ohnehin getrennt, es ändert doch jetzt auch nichts mehr!“

Empört stieß sie die Luft aus und blickte ihn mit finsterer Miene an. „Das ist bezeichnend für dich, dass du das so siehst“, zischte sie. „Es war nicht bloß irgendein Ausrutscher, sondern einer mit meiner besten Freundin.“ Sie korrigierte sich. „Ehemals besten Freundin natürlich. Ich hatte die ganze Zeit recht. Und ihr habt mir krankhafte Eifersucht vorgeworfen und es geschafft, dass ich meiner eigenen Wahrnehmung nicht mehr getraut habe. Warum wart ihr so feige, nicht wenigstens zu eurer Affäre zu stehen?“ Ihre Wut wechselte in bittere Enttäuschung.

Ihre Blicke trafen sich, doch er konnte ihr nicht lange in die Augen sehen. Schien erst jetzt zu begreifen, wie tief er sie mit seinem Verhalten verletzt hatte. „Es tut mir leid“, sagte er mit rauer Stimme.

Eisig sah sie ihn an. „Du bist echt armselig. Meinst du wirklich, damit ist es getan?“ Dann drehte sie sich auf dem Absatz um und ließ ihn stehen. Jedes weitere Wort darüber war glatte Verschwendung.

Eileen stürzte sich in ihre Weiterbildung, sie musste sich einfach irgendwie ablenken. Die Energie, die sie dabei an den Tag legte, machte Camille jedoch Sorgen. Nachdenklich sah sie ihre Nichte an. „Die Sache mit Moritz hat dir wahrscheinlich den Rest gegeben, Eileen. Ich verstehe, dass du dich bei diesen negativen Erfahrungen mit den Männern auf andere Gedanken bringen musst. Aber es wird dir auf Dauer nicht guttun, wenn du dich total auspowerst."

Eileen sah ihre Tante an. „Bitte mach dir keine Sorgen, Camille. Ich passe auf mich auf, das verspreche ich. Auf ein Burnout kann ich wirklich verzichten! Und mit diesen unglückseligen Erlebnissen mit Simon und Moritz werde ich schon irgendwie fertig. Wenigstens hilft mir die Ablenkung mit dem Lernen, dass ich nicht den ganzen Tag darüber nachdenke. Und ich bin das erste Mal ziemlich gut in dem, was ich tue, das macht mich auch stolz." Sie hielt kurz inne. „Jedenfalls werde ich nie wieder mein ganzes Leben nach einem Mann ausrichten."

Camille umarmte sie. „Es wird Zeit, dass wir endlich mal hier rauskommen. Frankreich ruft schon, es sind nur noch drei Wochen."

Eileen lächelte und antwortete: „Du hast recht, wir brauchen eine Auszeit. Aber wie geht es dir damit, dass wir bald wieder da sind? Meinst du, du kommst gut damit zurecht?"

Ihre Tante hatte sich Hilfe gesucht und es ging ihr mittlerweile wesentlich besser, auch wenn sie Kellerräume immer noch mied. Immerhin konnte sie jetzt meistens wieder durchschlafen. Ihre neuen Freundschaften machten es ihr leicht, sich hier wie zu Hause zu fühlen.

Camille nickte. „Da hatte meine Therapeutin auch keine Bedenken. Denn ich bin schließlich nicht allein in meinem Haus, ihr beide kommt ja mit. Und Lukas wird schon Leben in die Bude bringen. Wir haben dort noch einiges zu tun. Aber nebenbei lassen wir es uns auch gut gehen." Sie lächelte schief. „Außerdem können wir die rechtlichen Schritte mit dem Hausverkauf nur vor Ort regeln. Das, was Albert und ich uns aufgebaut haben, soll schließlich in gute Hände kommen. Stell dir vor, ich hatte bereits Kontakt mit einem Interessenten!"

Eileen war begeistert. „Tatsächlich? Das sind ja gute Neuigkeiten! Ich drücke die Daumen." Sie seufzte. „Ein bisschen wehmütig bin ich ehrlich gesagt schon. Es ist dann wohl unser letztes Mal in Montélimar. Und das ist schon ein komisches Gefühl." Vor ihr lief ein innerer Film ab. „Wir hatten immer so schöne Urlaube dort, hatten immer viel Spaß. Wirst du Haus, Land und Leute nicht ganz schön vermissen?"

Jetzt lachte Camille. „Natürlich, ich vermisse sie jetzt schon. Aber ich merke deutlich, dass es für mich an der Zeit ist für einen echten Neubeginn. Und warum nicht hier, wo ich mich mittlerweile richtig wohlfühle und wir uns regelmäßig sehen können? Bei mir wird es ja auch nicht das letzte Mal in Montélimar sein. Meine alten Freunde werde ich so oft besuchen, wie es geht." Kurz zögerte sie, dann konnte sie ein Grinsen nicht mehr unterdrücken. „Habe ich dir eigentlich schon gesagt, dass ich nach den Sommerferien Französisch unterrichten werde? Ich warte noch, dass mir die Sprachschule den Vertrag zusendet."

Eileen jubelte und drückte ihre Tante. Es lief doch gerade einfach perfekt. Das war ein riesiger Schritt für Camille. Eileen wusste, dass sie sich große Sorgen gemacht hatte, in ihrem Alter überhaupt noch einen Job zu finden. Und dann kam dieser

Glücksfall! „Wenn das kein Grund zum Feiern ist! Warte, da kommst du nicht drum herum.“ Sie holte einen Crémant und zwei Gläser. „Aber es sieht dir wieder einmal ähnlich, alles erstmal mit dir selbst auszumachen. Wann hattest du denn das Vorstellungsgespräch?“

Camille schmunzelte. „Wie du dir bestimmt denken kannst, hatte ich mir überhaupt keine Chancen ausgerechnet. Aber Christoph hatte mir den Tipp gegeben, dass die Schule dringend jemanden mit Erfahrung suchen würde. Und ein bisschen davon bringe ich ja mit. Da habe ich vor zwei Wochen die Schulleiterin angerufen und wir kamen gleich ins Gespräch.“

Das war genau die Zeit, in der es für Eileen richtig dicke gekommen war, sie hatte die Nervosität ihrer Tante nicht einmal geahnt. „Dann lass uns jetzt wenigstens auf deinen Neubeginn anstoßen!“ Sie goss den Crémant ein und erhob ihr Glas.

„Also wenn, dann müssen wir auf unsere beiden Neustarts anstoßen“, korrigierte Camille lächelnd. „Denn auch für dich gab es ja einige Änderungen. Und ich wünsche dir so sehr, dass du endlich auch das Quäntchen Glück hast. Mögen wir beide erfolgreich sein!“

Endlich Sommerferien! Irgendwann war auch das letzte Gepäckstück in Eileens Auto verstaut. Es wurde ganz schön eng für die drei Fahrgäste.

„Dino kann zu Hause bleiben“, bot Lukas großzügig an. Noch vor einem Jahr hätte er ohne sein Lieblingsstofftier kein Auge zu bekommen. Unwillkürlich fiel ihr ein, dass sie damals extra wegen Dino nochmals zurückfahren musste, und das Desaster so seinen Lauf genommen hatte. Sie atmete tief durch. Mittlerweile war sie schon viel besser darin, die aufwallenden

Erinnerungen zu verdrängen. Schließlich war jetzt alles gut. Oder zumindest kam langsam alles ins Lot.

Sie kamen gut durch. Es war von Vorteil, nachts zu fahren, so konnten sie die größten Staus umgehen. Eileen und Camille wechselten sich bei der langen Autofahrt ab.

„Wir sind in Frankreich! Wollen wir die nächstgelegene Raststätte ansteuern? Es wird Zeit für ein Petit Déjeuner“, schlug Camille vor.

Zur Mittagszeit passierten sie Lyon, und sie waren froh, das übliche Verkehrschaos endlich hinter sich zu lassen. „Jetzt ist es nicht mehr weit bis Montélimar. Freust du dich schon?“ Eileen drehte sich zu Lukas um, der ungerührt an seinem Nintendo herumdaddelte.

Er grinste sie an. „Natürlich! Wird dein Esel mich noch erkennen, Tante Camille?“

„Das wird er, Esel haben ein erstaunlich gutes Gedächtnis. Und an dich wird er sich besonders gerne erinnern, du hast ihm im letzten Sommer doch immer ein Extra-Leckerchen gegeben. Allerdings müssen wir ihn dieses Mal bei den Nachbarn besuchen.“

„Oh, das ist aber schade.“ Lukas war erst ein wenig traurig, doch dann dachte er nach. „Aber der Arme konnte sich ja nicht so lange selbst versorgen. Hoffentlich hatte er es gut.“

„Oh ja, die Durands haben einen großen Bauernhof. Ich hatte Marie gebeten, den Esel und meine Hühner zu sich zu holen. Sie sind bestens untergekommen.“

Bald darauf hatten sie die Abfahrt Châteauneuf-du-Rhône erreicht. Die Strecke kannten sie im Schlaf, doch dieses Mal saugte Eileen den Anblick in sich auf. Ihr war bewusst, dass es bald wenig Gründe für sie geben würde, in diese Gegend zurückzukehren. Was blieb, waren schöne Urlaubserinnerungen aus ihrer Kindheit und Jugend. Doch sie vermischten sich mit den traumatischen Erfahrungen des letzten Sommers, während sie die Allee aus Mandelbäumen entlangfuhren, die direkt zu Camilles Haus führte. Besorgt warf sie einen Seitenblick auf ihre Tante. Doch ihr breites Lächeln zeigte ihr, dass sie sich sehr auf das Nachhausekommen freute. Es war ein schwerer Entschluss für sie, das Haus zu verkaufen. Immerhin hatte sie mehr als zwanzig Jahre hier verbracht. Doch nun war er getroffen, und sie würden die Zeit hier bis zum Schluss genießen. Beherzt drückte sie Camilles Hand, bevor sie ausstiegen und zum Haus hinübergingen.

Die Oleander blühten in voller Pracht, aber die Obstbäume könnten bald einen neuen Schnitt vertragen. Maurice Martin, der gute alte Klassenkamerad ihres Mannes und langjährige Freund, hatte in ihrer Abwesenheit nach dem Rechten gesehen.

Camille waren ihre gemischten Gefühle anzumerken, als sie die Haustür aufschloss. Sie ging durch die Räume und wischte mit dem Zeigefinger über einen Schrank. „Schau mal, was für eine fette Staubschicht sich in den acht Monaten angesammelt hat! Und wie muffig es hier riecht!“ Sie verzog das Gesicht, fing an, alle Fenster im Haus aufzureißen. Pragmatisch probierte sie die Wasserhähne, sie funktionierten alle. Inzwischen räumten Eileen und Lukas die Sachen aus dem Auto.

„Deine Mama und ich werden eine ganze Weile mit Putzen beschäftigt sein, Lukas“, schätzte Camille. „Willst du vielleicht später zu den Durands vorbeischauen und den Esel besuchen?“

„Au ja!“, jubelte Lukas, der das bockige Tier in sein Herz geschlossen hatte. „Aber nur, wenn wir bald nach Grenoble fahren.“

„Das machen wir“, versprach Eileen. Camille hatte es im vergangenen Jahr vorgeschlagen, doch der Zeitpunkt hätte nicht schlechter sein können. Dieses Jahr stand alles unter einem besseren Stern. Sie war froh, dass sie selbst mittlerweile wieder gesund genug war, um solche Unternehmungen zu wagen.

„Doch erst mal werden wir etwas essen. Ihr habt bestimmt Hunger?“ Sie hatten aus dem Ort Baguettes mitgenommen, denn nach der langen Fahrt hatte nicht einmal Camille Lust, zu kochen. Ein leichter Beaujolais und eine Saftschorle wurden geöffnet, und sie picknickten unter den Obstbäumen.

„Bist du sicher, dass du hier schlafen kannst?“, fragte Eileen leise.

„Nach dieser Nacht weiß ich es“, gab Camille tapfer zurück. Doch ihre Sorgen bestätigten sich nicht, zumindest die Albträume blieben verschwunden.

„Jetzt mag ich aber erst mal kein Putztuch sehen“, grinste Eileen.

„Das sollte auch reichen.“ Camille lächelte zufrieden, und sie begutachteten ihr Werk. Alle Zimmer waren hergerichtet und das Haus sah wunderbar wohnlich aus, vorzeigbar für den Verkauf. „Es ist Zeit für einen Ausflug.“

Nach einem schnellen Frühstück wollten sie nach Grenoble starten. Ihre Sachen hatten sie schon im Auto verstaut. Doch gerade, als sie aufbrechen wollten, erhielt Camille einen Anruf. Eileen sah an ihrer finsteren Miene, dass es keine guten Nachrichten waren. „Lukas, geh doch etwas nach draußen zum Spielen, ich glaube, wir brauchen hier noch ein wenig“, schickte sie ihren Sohn hinaus. „Was ist passiert?“, fragte sie besorgt, als Camille auflegte.

„So ein Mist“, schimpfte Camille, die sich sonst mit Flüchen zurückhielt. „Der Käufer für das Haus, mit dem ich doch schon alles vereinbart hatte, war gerade am Apparat. Er musste mir mitteilen, dass er keine Finanzierung für das Haus genehmigt bekommt. Es war ihm sehr peinlich, aber er muss vom Kauf zurücktreten.“ Eine tiefe Sorgenfalte zeigte sich auf ihrer Stirn. Es schien so sicher mit diesem Interessenten, dass sie alles auf eine Karte gesetzt hatte.

„Das kann doch jetzt nicht wahr sein!“ Eileen war voller Mitgefühl und versuchte, Camille zu trösten. „Welche Möglichkeiten gibt es denn, dass du dein Haus bald verkauft bekommst?“

„Es wird wohl leider doch auf einen Makler hinauslaufen“, seufzte sie frustriert. Dann straffte sie sich. „Aber davon wollen wir uns nicht den heutigen Tag verderben lassen. Irgendwie wird es schon klappen, dass ich einen Käufer finde. Lass uns zu Lukas gehen und losfahren, wir wollen den Tag genießen!“

Entspannt schlenderten die drei durch die Innenstadt von Grenoble.

„Wollen wir Seilbahn fahren?“, schlug Eileen vor.

Sie sahen den Gondeln hinterher, die sie zur 500 Meter höher gelegenen Bastille bringen würden.

Ihr Vorschlag kam gut an, und sie gingen zur Station.

„Wie lange fahren wir damit?“, fragte Lukas, dem auch das kurze Anstehen schon zu langweilig wurde.

„Fünf Minuten“, las Eileen nach.

„Aber die Aussicht dort oben wird dir ganz bestimmt gefallen. Sie ist formidable!“ Camille strahlte. „Bei der klaren Sicht sehen wir oben vielleicht sogar den Mont Blanc!“

Oben angekommen, schritten sie die Festung der Bastille ab und ließen sich treiben. Es war begeisternd, Camille hatte nicht zu viel versprochen. Lukas hätte zu gerne den Klettersteig ausprobiert, doch das konnten sie ihm mit Mühe ausreden. „Wenn du größer bist, fahren wir nochmal hierher", tröstete Camille. „Aber es gibt auch einen Hochseilgarten für Kids."

Geduldig standen sie später in der Schlange, um eine der Gondeln ins Tal zu besteigen. Von der Frau vor ihnen ging eine merkwürdige Unruhe aus, sodass sie Eileens Aufmerksamkeit auf sich zog. Ihr fiel auf, dass sie hinkte. Hoffentlich mussten sie bei ihrer Nervosität keine Gondel teilen.

Doch genauso kam es. Ein junges Studentenpärchen, diese hibbelige Frau und sie drei passten in eine Gondel, die kurz darauf abfuhr.

Eileen beobachtete skeptisch, wie die Frau ihre Lippen aufeinanderpresste. Ihr ohnehin schon blasses Gesicht war jetzt kalkweiß, und plötzlich fing sie an, am ganzen Körper zu zittern.

„Entschuldigung, ist alles okay?"

Doch die Frau schüttelte nur den Kopf, während sie die Augen zusammenkniff. Das junge Pärchen rückte ein wenig von ihr ab, sie sahen ratlos zu ihr hinüber.

Eileen spürte, dass sie reagieren musste. „Machen Sie sich keine Sorgen, Gondeln sind ein absolut sicheres Transportmittel. In knapp vier Minuten sind wir schon unten an der Station."

Die Stimme der Frau war schrill: „Wäre ich doch bloß nicht umgeknickt, dann hätte ich runtergehen können!"

Das hätten sich die anderen wohl auch gewünscht. „Es wird alles gut. Nur noch drei Minuten bis zur Talstation. Sie schaffen das.“

„Und wenn wir abstürzen?“ Die Augen der Frau waren weit aufgerissen, ihre Stimme klang panisch.

Jetzt bloß ruhig bleiben. „Hören Sie! Sie haben gerade eine Panikattacke. Das geht wieder vorüber.“ Sie bat das Pärchen, in der Talstation Bescheid zu geben, dann wandte sie sich wieder der panischen Frau zu. Merkte, dass sie voller Schweiß stand. Vorsichtig berührte sie die Frau am Arm, sprach sanft auf sie ein. „Sie müssen ganz tief atmen. Wir machen das gemeinsam.“ Endlich drang sie zu ihr durch. „Tief einatmen. Und jetzt langsam wieder ausatmen. Sie machen das gut. Einatmen. Und wieder ausatmen.“

Erst als die Gondel ruckelte, merkte Eileen, dass sie wieder im Tal waren. Die Erleichterung stand allen im Gesicht geschrieben.

„Vielen Dank!“, presste die Frau hervor. Die Sanitäter warteten schon und halfen ihr aus der Kabine.

„Alles Gute für Sie!“, riefen sie der Frau nach.

„Sie haben hervorragend reagiert! Wir dachten schon, das würde eskalieren!“ Das junge Pärchen verabschiedete sich freundlich von ihnen.

Eileen atmete durch, als sie endlich abseits vom Gedränge waren. „Lasst uns auf den Schrecken ein Eis essen gehen“, schlug sie vor.

„Mama, du hattest alles im Griff!“ Lukas sah sie stolz an. Dann widmete er sich wieder seinem Eisbecher.

„Du hast wirklich Nerven wie Drahtseile, Eileen!“ Auch Camille war voller Anerkennung. „Hoffentlich wählt die Frau sich künftig andere Ausflugsziele.“

„Das macht sie bestimmt." Eileen konnte schon wieder lachen. „Was meint ihr, fahren wir zurück? Aufregung hatten wir für heute genug."

Schweren Herzens suchte Camille gleich am nächsten Tag nach einem guten Maklerbüro. Sie war frustriert, dass sie erst einen Tag vor ihrer geplanten Abreise einen Termin bekam.

„Immerhin kannst du dann alles übergeben", tröstete Eileen sie. „Im Haus ist nichts mehr zu tun. Dann können wir die letzten Tage hier noch genießen."

Vormittags waren sie bei den Durands gewesen, Lukas hatte allein schon wegen der Tiere darauf bestanden. Am Abend waren sie bei Camilles Freund Maurice in seinem Hotel zum Essen eingeladen.

„Wer weiß, wann wir uns wiedersehen, Camille. Ihr müsst unbedingt vorbeikommen", hatte er darauf bestanden. Und sie hatten gerne zugesagt.

Eileen kam auf der Fahrt zu Maurice in den Sinn, dass Annalena mit Caro und Jessi im vergangenen Jahr in seinem Hotel abgestiegen war, um ihnen zu helfen. Es gab schon merkwürdige Zufälle.

„Wollt ihr noch einen Nachtisch?", fragte Maurice in die Runde, doch außer Lukas lehnten alle ab.

„Es hat einfach zu köstlich geschmeckt, aber leider schaffe ich keinen weiteren Bissen mehr." Eileen winkte lächelnd ab.

Maurice, der immer auch einen Blick auf seine zahlenden Hotelgäste hatte, war nun ganz bei ihnen, denn die Reihen lichteten sich.

„Was ihr so alles erlebt! Eileen, da hast du in Grenoble eine Bestätigung für deinen Beruf bekommen." Er kannte Eileen, als sie noch ein Kind war. „Du hast wirklich hervorragend reagiert in der Gondel." Das brachte Lukas dazu, den ganzen Trip noch einmal auszuschmücken.

„Du gehst sicher bald zur Schule, Lukas?" Interessiert sah Maurice den aufgeweckten Jungen an.

Lukas nickte. „Ja, nach den Sommerferien."

„Und genau das ist unser Problem." Camille seufzte und sah den Freund direkt an. „Uns rennt praktisch die Zeit davon. Leider ist mein Kaufinteressent abgesprungen und momentan ist die Nachfrage nicht sehr hoch. Ich werde jetzt doch alles ans Maklerbüro geben, nächste Woche müssen wir wieder in Deutschland sein."

„Davon habe ich gehört, Camille. Und das war mit ein Grund, dass ich vor eurer Abreise dringend nochmal mit dir sprechen wollte. Ich könnte dein aktuelles Problem lösen."

Camille war ganz Ohr.

„Es ist wirklich schade, dass du dein Haus verkaufen willst. Aber ich kann es verstehen nach euren Erlebnissen." Maurice nickte ihr zu und holte ein Schreiben hervor, das er vor sich auf dem Tisch legte. „Es tut mir leid, dass ich in der Kürze der Zeit derart mit der Tür ins Haus falle, aber ich hatte mehrere schlaflose Nächte deshalb und habe gründlich darüber nachgedacht." Er hielt kurz inne und hatte ihre ungeteilte Aufmerksamkeit.

Camille lachte. „Nur raus damit, Maurice."

„Mon Amie, ich hoffe, du nimmst es mir nicht übel, aber als ich in deinem Haus in den letzten Monaten nach dem Rechten gesehen hatte, konnte ich mir ein gutes Bild von seinem Zustand machen. Ich denke schon lange darüber nach, mich zu vergrößern. Mein Schwiegersohn will mit ins Geschäft einsteigen, und unter meinen Fittichen hat er nicht genügend Gestaltungsspielraum. Ein bisschen Abstand tut manchmal ganz gut, das weißt du ja selbst." Er lächelte sie charmant an. „Ich bin davon überzeugt, dass dein Haus genau das richtige Umfeld für ein zweites kleineres Hotel ist. Ich denke, ich habe ein gutes Angebot für dich. Meine Bank würde auch mitspielen, ich hatte mein Vorhaben mit einem zweiten Haus schon mal angesprochen."

Schweigend sahen sie ihn an. Camille war baff – damit hatte sie im Leben nicht gerechnet. Doch kurz darauf gewann sie ihre Fassung wieder und nahm die Unterlage an sich, die ihr Freund ihr reichte. Als sie den vorgeschlagenen Kaufpreis sah, rang sie nach Worten.

„Maurice, du bist ja verrückt! 600.000!", sagte sie nach einer Schrecksekunde. „Das kann ich doch gar nicht annehmen!"

„Doch, das kannst du. Schon allein der guten alten Zeiten willen, die wir zusammen mit Albert hatten. Aber mach dir keine Sorgen um die Kosten, die spiele ich schon wieder ein. Außerdem ist das Grundstück groß, man kann richtig was daraus machen." Er lachte.

Camille stimmte mit ein. „Die Überraschung ist dir geglückt, mon Ami! Tja, schade für die Agence Immobilière, den Termin werde ich dann absagen. Also wenn du es für dich durchkalkuliert hast, dann soll es so sein. Und ich nehme dein Angebot wirklich gerne an! Hole uns doch bitte einen guten Champagner, mein lieber Maurice! Denn darauf wollen wir jetzt anstoßen."

Der große Trip

„Gracias!“ Moritz bezahlte sofort und gab der Bedienung ein großzügiges Trinkgeld. Zwei ereignisreiche Monate gingen zu Ende. Dieser Südamerika-Trip war schon lange sein Traum gewesen, und er hatte ihn sich endlich erfüllt. Doch nun würden Peru, Bolivien und Argentinien bald nur noch eine schöne Erinnerung sein. Morgen ging sein Flieger zurück nach Hause. Zu Lukas. Er rührte seinen Kaffee um und beobachtete das quirlige Treiben in der hippen Espressobar. Die Idee mit dem Fotobuch war ihm heute Morgen gekommen. Damit konnte er seinem Sohn viel besser zeigen, was er alles erlebt hatte. Er vermisste ihn und wusste, dass es Lukas genauso ging. So lange sollten sie besser nie wieder getrennt sein. Moritz scrollte durch seine Bilder auf der Suche nach geeigneten Fotos und ließ die ganze Reise noch mal Revue passieren. Peru war seine erste Station gewesen. Hier ein Selfie in Barranco, dem Künstlerviertel von Lima. Er hatte seinen Unternehmungsgeist bremsen müssen, denn wenige Tage später begann seine viertägige Wanderung auf dem Inka-Trail nach Machu Picchu. Mann, was hatte er sich abgemüht! Die Temperaturunterschiede hatten ihm am meisten zu schaffen gemacht. Doch der atemberaubende Sonnenaufgang auf die alte Inka-Stadt war diese Strapazen allemal wert gewesen. Davon würde er noch ewig zehren. Die nächste Station war Bolivien. Es hatte ihn überrascht, dass die Einreise mit dem Bus so entspannt war. Der Sonnenuntergang am Titicacasee war ein besonderes Highlight gewesen. Schnell markierte er ein paar besonders ausdrucksstarke Fotos und schob sie in ein extra Album. Hier, die Jeep-Tour durch die Salar de Uyuni – was war das bloß für ein Spaß! Und zum Schluss Argentinien. Der Nationalpark Iguazú hatte ihm besondere Augenblicke verschafft. Dass er so dicht an die sagenumwobenen Wasserfälle dort herankam, begeisterte sein Fotografenherz. Und jetzt war er in Buenos Aires, ein Kontrastprogramm zu den letzten Wochen. Die Stadt wurde nicht zu Unrecht Klein-Paris genannt. Moritz hatte sich von dem kulturellen Angebot mitreißen lassen, hatte die besten argentinischen Steaks und das ausschweifende Nachtleben genossen. Seine mittlerweile ganz passablen Spanischkenntnisse waren dabei sehr hilfreich. Manchmal war ihm der Gedanke gekommen, einfach hierzubleiben. Er hatte auf seiner Reise genügend Leute kennengelernt, die diesen Schritt gewagt hatten. Doch dann dachte er an seinen Sohn und musste nicht lange überlegen, was ihm wichtiger war. Es war ihm, als hörte er Lukas' Stimme: „Aber zu meiner Einschulung kommst du doch, Papa?" Das hatte er ihm natürlich hoch und heilig versprochen.

Es wurde Zeit für ein Abendessen. Er entschied sich für das Don Julio, es hatte ausgezeichnete Rezensionen und ihm war nach einem leckeren Steak

Er kam schnell ins Gespräch mit anderen Gästen und lernte Piet kennen, einen älteren Deutschen, der bereits seit mehr als zehn Jahren in der Metropole lebte. Ob er noch etwas mit ihm trinken gehen würde? Es war seine letzte Nacht in Buenos Aires. Moritz zögerte kurz. Heute richtig Spaß haben, bevor er in den Alltag zurückkehrte – die Unvernunft siegte.

Sie zogen durch rappelvolle Bars und kamen mit jedem Bier mehr ins Philosophieren. Piet war ziemlich redselig und erzählte von seinem Sohn und einer Ex, die den Kontakt zu ihm unterbunden hatte. Piet brauchte viele Craft Beer, um seine Frustrationen über sein Leben herunterzuspülen. Und er lud ihn zu weiteren Drinks ein, die Moritz dankend annahm. Heute wollte er noch mal richtig einen draufmachen.

„Hast du Kinder?"

Stolz zeigte Moritz ihm ein Bild. „Ja, einen Sohn. Er heißt Lukas." Zu spät bemerkte er, dass auch Eileen mit darauf war.

Piet pfiff anerkennend durch die Zähne. „Deine Frau?"

„Wir sind getrennt. Die Scheidung läuft."

„Und sie verhindert nicht, dass du den Jungen sehen kannst?"

„Nein, absolut nicht." Moritz ging jetzt erst ein Licht auf, wie fair sich Eileen ihm gegenüber seit der Trennung verhalten hatte. Und das nicht nur in Bezug auf Lukas.

Das schien auch Piets Gedanke zu sein. Er sah ihn an, als hätte er nicht alle Tassen im Schrank. „Deine Ex lässt also jeden Kontakt zu deinem Sohn zu? Was zum Teufel reist du Idiot dann zwei Monate in der Weltgeschichte rum?" Er schlug mit der Faust auf den Tisch, dass sein Bier fast umkippte. Kopfschüttelnd drehte er sich weg von ihm, fand neuen Anschluss am Nachbartisch.

Moritz war wie vor den Kopf geschlagen und starrte ihm nach. Doch insgeheim spürte er, dass Piet sogar recht hatte. Was machte er noch hier? In fünf Stunden war Abflug, und er fand wieder kein Ende! Er beschloss, sein Bier auszutrinken und endlich zu gehen. Ein Rempeln, und sein Handy fiel ihm herunter. Entschuldigende Gesten – Moritz wollte sich nicht anstellen. Er hob schnell sein Handy vom Boden auf. Jetzt aber los zum Hotel. Er nahm noch den letzten Schluck.

Und das sollte auch das Letzte sein, an das er sich erinnerte. Er kam nur langsam wieder zu sich, fühlte eine Benommenheit, die er nicht von sich kannte. Sein ganzer Körper schmerzte. Es dauerte eine Weile, bis er realisierte, dass er sich in einem Hinterhof befand. Langsam rappelte er sich auf, sein Schädel fühlte sich an, als würde er gleich platzen. Keine Menschenseele war zu sehen. Sein Herz raste, er hatte eine böse Vorahnung. Und die wurde beim Griff zur Gesäßtasche bestätigt: Sein Portemonnaie war weg! Verdammt, das konnte doch nicht wahr sein! Seine Kreditkarten, sein Führerschein, das Bargeld – alles weg. Sein Smartphone fand er zum Glück neben einer stinkenden Mülltonne, es war schon ein älteres Modell. Der Fund war ein kleiner Lichtblick, denn so konnte er sich wenigstens bis zu seinem Hotel durchschlagen. Als er zur Straße torkelte, drang ein Gedanke zu seinem benebelten Hirn durch. Ein Blick aufs Handy bestätigte es: Er hatte seinen Flieger verpasst! Nein! Nicht auch noch das! In wenigen Tagen war die Einschulung, er sah schon Lukas' enttäuschtes Gesicht vor sich. Verdammt, er musste nach Hause, und das schnell. Er würde Himmel und Hölle in Bewegung setzen, um den nächstbesten Flug nach Frankfurt zu ergattern, koste es, was es wolle!

Abbitte

Heute war Abreisetag. Sie hatten noch unter den Obstbäumen gefrühstückt, ein letztes Mal. Eileen merkte, dass in Camille nun doch ein wenig Wehmut hochkam. „Ich hoffe, du bereust den Verkauf nicht?"

Camilles Mund verzog sich zu einem Lächeln, sie atmete tief durch. „Es ist immer schwer, Abschied zu nehmen. Doch ich weiß, dass mein Haus bei Maurice und seinem engagierten Schwiegersohn in den besten Händen ist. Sie werden etwas Großartiges hieraus machen."

„Davon bin ich überzeugt. Wann wollen sie mit den Renovierungsarbeiten beginnen?"

„Schon im kommenden Monat soll es losgehen. Ich bin froh, dass er mir angeboten hat, die Möbel auszuräumen. So werde ich in jeder Beziehung ganz neu anfangen. Seine Pläne sind wirklich beeindruckend. Hier, wo wir gerade sitzen, soll ein Wellness- und Fitnessbereich entstehen. Wahrscheinlich werde ich das ganze Grundstück nicht wiedererkennen, wenn ich wieder hierherkomme. Maurice hat mich als Ehrengast im kommenden Sommer eingeladen, meinen Urlaub hier zu verbringen. Ich habe schon zugesagt."

„Das freut mich für dich! Es wird dir bestimmt gefallen, was er und Bastien dann daraus gemacht haben", stimmte Eileen ihr zu. Sie sah auf die Uhr. „Oje, es wird Zeit, dass wir aufbrechen. Wann, sagtest du, kommt Maurice vorbei?"

„In einer knappen Stunde. Du hast recht, wir müssen uns beeilen. Wer zuerst seine Sachen zum Wagen gebracht hat! Der

Verlierer muss den Tisch abräumen." Grinsend sah Camille Lukas an.

Wie erwartet, sprintete er gleich los. So schnell hatte er seine Sachen noch nie zusammengesammelt. Das gab Camille ein wenig Zeit zum Abschiednehmen. Sie dachte an ihren Albert, als sie das Foto von ihnen als strahlendes Silberhochzeitspaar betrachtete. Es war eine schöne Feier gewesen, und sie hatten noch so viele Pläne. Im selben Jahr noch war er dann verstorben. Sie seufzte. ‚Ich ziehe jetzt zu Eileen, es ist besser so.' Er würde sie sicher verstehen. Liebevoll wickelte sie das Bild in Seidenpapier und packte es zwischen ihre Kleidung, schloss ihren Koffer. Als sie hochsah, merkte sie, dass Eileen ins Zimmer getreten war. Aufmunternd umarmte sie ihre Tante.

Sie brachten ihre Sachen hinaus. „Okay, Lukas, du hast gewonnen", gab Camille sich lächelnd geschlagen, denn Lukas wartete schon längst am Auto.

Während Camille sich um den verlassenen Frühstückstisch kümmerte und Lukas schnell noch mal zum Esel lief, schwitzte Eileen und fluchte beim Einladen. Der Platz im Wageninneren wurde verdammt knapp, sie hatte noch mehr Mühe als bei der Hinfahrt, alles im Auto zu verstauen.

Camille kam mit ein paar regionalen Leckereien für ihre Nachbarn und neuen Freunde, und irgendwie fanden sie noch Platz dafür. „Wie gut, dass wir für die größeren Teile den Gepäckversand in Anspruch genommen haben."

Maurice kam wie gerufen, gerade als sie die letzte Tasche verstaut hatten. Sie winkten ihm zu, als er die Allee entlangfuhr und neben ihrem Wagen parkte. „Bonjour, Maurice!"

„Bonjour zusammen!" Er stieg aus und sie umarmten sich zum Abschied. „Nun, Camille, bist du bereit zur Schlüsselübergabe?“ Er sah sie ein wenig besorgt an, er kannte sie so gut. Dieses schöne Haus war schließlich lange Zeit ihre Heimat gewesen.

Doch sie nickte ihm freundlich zu. „Natürlich, Maurice. Ich habe mich bereits von allem verabschiedet. Ab jetzt gehört es dir.“ Der Schlüssel wechselte den Besitzer, und Maurice ließ es sich nicht nehmen, ihnen noch ein paar Flaschen seines besten Weines mitzugeben.

„Die müssen wir im Fußraum verstauen“, lachte Camille. Eine herzliche Verabschiedung, sie war schon gespannt, was sie nächsten Sommer hier erwartete. Kurz darauf brachen sie auf. Schließlich lag eine lange und anstrengende Heimfahrt vor ihnen.

Der folgende Tag begann mit Ausräumen und Wäschewaschen. Eileens Nachbarn hatten sich bestens um ihr Haus gekümmert. Die Blumen waren gegossen, die Post war reingeholt.

„Wir hatten zumindest keine weiteren Einbrüche in der Nachbarschaft.“ Man merkte Jürgen die Erleichterung an. Erfreut nahmen sie die kleinen Geschenke von Camille entgegen. „Das wäre doch gar nicht nötig gewesen“, lächelte Maggie. „Kommt doch die Tage abends zum Grillen vorbei, dann können wir den Wein gleich testen.“

Als Eileen sich die Post vornahm, fand sie das Übliche: Werbung, die Wochenendzeitung und vereinzelte Rechnungen. Nur ein Brief stach hervor. Der nachtblaue Umschlag war aus hochwertigem Papier, und er war ganz ohne Absender gekommen. Gespannt öffnete sie ihn und zog die Karte heraus. „Eine Frühstückseinladung für den 24. August“, las sie, „im Café Chocolat.“ Simons Geburtstag. Ihr dummes Herz klopfte gleich aus dem Takt. Nur zögernd öffnete sie den beigefügten

Brief und atmete kurz durch. Sie hatte sich nicht getäuscht. Er wollte sie wiedersehen und hatte die Einladung auf seinen Geburtstag datiert. Ganz schön unverfroren nach dieser langen Zeit! Sie musste den kurzen Text zweimal lesen, so sehr schwirrte ihr der Kopf.

„Liebe Eileen! Mir ist bewusst, dass manche Taten durch nichts zu entschuldigen sind, und doch möchte ich es wenigstens versuchen. Darf ich dich wiedersehen?“ Die knappen Zeilen in seiner gestochen scharfen Schrift waren ganz schlicht mit seinem Namen unterschrieben. Und sie stürzten Eileen in ein wahres Gefühlschaos. Ihr Herz hüpfte vor Freude, während ihr Magen vor Wut grummelte. Mit starrem Blick durchlebte sie die letzten Minuten ihrer Beziehung erneut. Und erschauderte bei der Erinnerung, wie schnell ihr Glück zerbrochen war. Das war mittlerweile fast fünf Monate her – verdammt, was wollte dieser Kerl jetzt noch von ihr?!

„Ist alles okay?“ Camille sah sie besorgt an.

„Simon. Er will sich entschuldigen. Nach dem ganzen Mist, den er verzapft hat, und nach der langen Zeit!“

Ihre Tante sah sie nachdenklich an.

„Es kann inzwischen viel passiert sein. Und, wirst du es dir anhören?“

Eileen antwortete zunächst nicht, sie musste tief durchatmen.

„Er ist dir jedenfalls immer noch nicht egal.“ Es war eine Feststellung, keine Frage. Camille traf es wie immer auf den Punkt.

Eileen lächelte, ihre Tante kannte sie einfach zu gut. „Verdammter Mistkerl. Warum kann ich nicht einfach einen ganz normalen Typen kennenlernen?“

Camille lachte. „Weil du eine ganz außergewöhnliche Frau bist. Du hast es bislang nur geschickt vor allen verborgen, auch vor dir selbst.“

„Danke für die Blumen“, lachte sie. „Ja, er soll sich erklären. Diese Chance werde ich ihm wenigstens geben. Aber natürlich werde ich ihn danach abservieren.“

Sie ging aus dem Zimmer, doch Camilles gemurmeltes „Natürlich…“ hörte sie noch und musste wider Willen lächeln. Sie würde einfach abwarten und das Frühstück und seine Erklärungen auf sich wirken lassen. Und dann auf ihr Bauchgefühl hören. Sie hoffte, dass es sie diesmal nicht im Stich ließ.

Eileen wurde mit jedem Tag aufgeregter, sie konnte es nicht verhindern. ‚Das Herz sagt ja, der Kopf sagt nein‘ traf hervorragend auf sie zu. Lange war sie unschlüssig, ob sie ihm ein kleines Geburtstagsgeschenk mitbringen sollte. Und wenn ja, was es sein sollte. Sie entschied sich schließlich für eine Flasche von Maurices Wein und kam sich dennoch damit deplatziert vor, als sie das Café betrat.

Er war bereits dort und saß an einem gemütlichen Eckplatz des Cafés. Als sie auf ihn zuging, erhob er sich. „Hi.“ Verdammt, wie sehr hatte sie seine Stimme vermisst.

„Hi.“ Eileen hatte ein Gefühl im Mund, als hätte sie Staub gegessen. „Alles Gute zum Geburtstag“, brachte sie schließlich hervor und reichte ihm das Geschenk. Ihr Herz raste, und irgendwie hatte sie das Gefühl, dass gerade ihr Verstand aussetzte. Er sah so gut aus, besser noch, als sie ihn in Erinnerung hatte. Sie riskierte einen weiteren Blick. Seine dunkelblonden Haare waren frisch gestylt, seinen Dreitagebart hatte er immer noch. Aber seine blauen Augen blickten ihr nun klar entgegen.

Irgendwie wirkte er durchtrainierter, er schien nun Zeit für Sport zu finden.

Er lächelte sie an, und es wurde gleich ein paar Grad wärmer um sie. „Danke, ein guter Tropfen!“ Vorsichtig stellte er das Geschenk auf dem Tisch ab, während er einen Schritt auf sie zuging. „Ich freue mich so, dich zu sehen, Eileen! Das ist das eigentlich schönste Geschenk, das du mir machen konntest!“

Ihre Gefühle übermannten sie, sie lagen sich in den Armen. Er roch so vertraut. Diesen frischen Duft erkannte sie sofort wieder, es war ihr Valentinsgeschenk an ihn gewesen. Sie fühlte sich ganz warm und geborgen. Wie hatten sie es bloß so lange ohneeinander ausgehalten?

„Komm, setz dich!“ Er rückte ihren Stuhl zurecht und schob ihn ein wenig näher zu seinem. Ihre Hände fanden einander, und erst jetzt erinnerte sich Eileen, dass sie es ihm doch eigentlich gar nicht so leicht machen wollte. Bei dem Gedanken daran rückte sie ein wenig von ihm ab. Er merkte ihre veränderte Stimmung sofort.

„Ich hätte dir gerne gesagt, wie gut du aussiehst. Und dich gefragt, wie es dir ergangen ist. Aber wahrscheinlich interessiert dich vor allem, warum ich mich überhaupt gemeldet habe? Und warum erst jetzt?“

Damit nahm er ihr den Wind aus den Segeln. „Du triffst den Nagel auf den Kopf. Genau das würde ich am liebsten wissen.“ Ihr Blick wurde ernst. Was würde jetzt kommen?

Er sah ihr direkt in die Augen. „Weil ich mich vorher nicht getraut hätte.“ Er musste schlucken, bevor er weitersprechen konnte. „Ich war fast vier Monate in einer Entzugsklinik und bin jetzt endlich weg vom Koks. Endgültig!“

Sie hielt den Atem an. Mit einer solchen Eröffnung hatte sie nicht gerechnet. „Das muss ich erst mal verdauen, Simon. Wie kannst du dir so sicher sein, dass es endgültig ist?“ Sie hatte in den letzten Monaten viel über Suchterkrankungen gelernt, all das war ihr jetzt präsent.

Der Kellner, der die Bestellung aufnahm, verschaffte ihr ein wenig Luft zum Nachdenken. Als sie wieder unter sich waren, schwiegen sie zunächst. Dann platzten sie gleichzeitig heraus.

„Nein, du zuerst.“ Sie wollte endlich hören, was Sache war.

„Daniele hatte mir geholfen, in der Schweiz eine gute Klinik zu finden. Auf der Arbeit hatte ich ein Sabbatical beantragt, alles andere wäre beruflicher Selbstmord gewesen.“

Eileen nickte. Klar, das verstand sie. Das Bekanntwerden seiner Drogensucht hätte ihn wahrscheinlich seinen Job in der Reha-Klinik gekostet. Doch es kam ihr nicht ganz ehrlich vor. „Warum hast du bloß mit diesem Mist angefangen?“ Eileen konnte sich nicht zurückhalten. Wie konnte man seine eigene Zukunft so zerstören?

Er rührte in seinem Kaffee, bevor er antwortete. Als müsste er überlegen, was er sagen sollte. „Ich hatte ehrlich gesagt recht früh Kontakt zu Drogen. Zu Abi-Zeiten war es nur ein gelegentlicher Trip. Zum Feiern, gegen den Lernstress. Später im Job wurde es weniger. Doch vor drei Jahren ist meine Mutter an Demenz erkrankt. Am Anfang war sie noch bei mir zu Hause, doch das ging irgendwann nicht mehr. Ich habe ihr den Heimplatz schöngeredet, habe alle Zusatzkosten übernommen, damit sie es dort guthat. Deshalb hatte ich immer mehrere Jobs.“ Er sah sie direkt an, nur zögernd sprach er weiter. „Das wurde mir irgendwann alles zu viel. Und leider bin ich dann in alte Muster verfallen. Das war ein saublöder Fehler, und er brachte natürlich weitere Probleme mit sich, wie du ja weißt. Ich wünschte, ich könnte ganz vieles ungeschehen machen.“ Sein Blick war fest, seine Stimme klar. Keine Ausflüchte, er hatte mit sich selbst schon abgerechnet.

Tief im Innern spürte Eileen, dass er es ehrlich meinte. Doch war es damit ausgestanden? Bestanden die Probleme nicht weiterhin? „Wie geht es deiner Mutter?“, fragte sie vorsichtig.

„Sie ist inzwischen verstorben. Kurz nachdem du mich damals rausgeschmissen hast. Und übrigens warst du absolut im Recht, ich hatte es nicht anders verdient.“

Schweigen. Eileen sah ihn entsetzt an. Musste erst einmal durchatmen. „Das tut mir leid!“

Simon nickte ernst. „Meine Mutter war eine absolut unabhängige Frau, aber zum Schluss hat sie mich fast nicht mehr erkannt. Ich kann nicht sagen, ob sie lieber gewollt hätte, dass sie so weiterlebt. Aber ich habe dann ein Leben ohne Drogen gewollt, und das habe ich geschafft.“

„Es muss schlimm sein, einen geliebten Menschen so zu verlieren!“ Sie fühlte mit ihm, verstand ihn ein wenig besser. Und hatte dennoch Zweifel.

Und die schien er aus ihrem Gesicht zu lesen. „Statistisch gesehen schaffen es vier von zehn Leuten, von der Kokainsucht dauerhaft wegzukommen. Ich möchte nur, dass du weißt, dass ich dafür kämpfe, dass ich zu den glücklichen Vieren gehöre.“ Es klang wie ein Schwur.

Ihre Blicke konnten sich nicht voneinander lösen, sie hatte das Gefühl, ihm tief in die Seele zu blicken. Ihr Bauchgefühl sprach nur ein Wort: Vertrauen. Er würde mit jeder Zelle seines Körpers gegen seine Sucht ankämpfen, und um sie.

Die Stimmung war während des restlichen Frühstücks gelöst. Sie hatten sich viel zu erzählen und wollten alles voneinander wissen.

„Kommst du gut voran mit der Heilpraktikerschule? Du hast doch schon bald Bergfest, wenn du dich im März zur Prüfung anmeldest."

Eileen lächelte. „Es ist ganz schön viel Stoff. Die Hälfte aus meiner Klasse will noch warten. Aber ich habe so viel gelernt, ich will es ehrlich gesagt wissen."

Er nickte zustimmend. „Mit der Einstellung schaffst du das. Ich könnte dich abfragen."

Da musste sie lachen. „Vielleicht komme ich darauf zurück."

Dann wurde sie ernst. Und zögerte kurz. „Darf ich dich etwas fragen?"

Er schien zu ahnen, was sie wissen wollte. Und grinste dennoch. „Du kannst mich alles fragen."

„Wie war der Entzug für dich? Hast du Rückfälle erlebt?"

„Es war wirklich die härteste Zeit meines Lebens", gestand er. „Ich hatte so üble Entzugserscheinungen, dass ich schon abbrechen wollte. Du hast das Thema ja schon durch und weißt, wovon ich rede. Ständige Müdigkeit, du kannst nicht mehr schlafen, bist komplett down. Und denkst permanent an diesen verdammten Stoff. Aber ich wusste, es ist meine letzte Chance. Und dann sah ich Leute zurückkommen, die vor Monaten schon einen Entzug durchgestanden hatten. Bei denen auch die Ärzte geglaubt hatten, dass sie es schaffen würden. Das hat mich nur noch mehr bestärkt und ich habe mir geschworen: ‚Das schaffst du jetzt!' Denn glaub mir, das will ich im Leben nicht noch mal erleben! Ich hatte ganz tolle Therapeuten und Ärzte, die mich dabei unterstützt hatten. Und nun bin ich hier."

Sie sahen sich tief in die Augen. „Danke für deine Offenheit!", sagte sie leise. Fürs Erste hatte sie genug darüber gehört.

Doch er wollte mehr über sie wissen. Fragte nach Lukas und Camille und natürlich nach Eileens Gesundheit. „Gehst du noch zu Daniele?"

„Ja, aber bloß noch zur Kontrolle. Noch vor einem Jahr hätte ich niemals für möglich gehalten, dass es wieder so werden könnte wie früher. Erinnerst du dich?"

„Natürlich erinnere ich mich an deine Reha-Zeit. Du warst meine beste Patientin." Dann grinste er sie an, er konnte sich die Frage offenbar nicht verkneifen. „Und, tanzt du nun Zumba?" Sie mussten beide lachen, erinnerten sich an ihr Versprechen, als er sie von der Reha einmal heimgefahren hatte.

„Ich habe es tatsächlich wieder ausprobiert. In meinem Studio bieten sie einen Kurs an. Und es klappt!"

„Wenn ich es richtig in Erinnerung habe, wolltest du mich dann zu einem Kaffee einladen." Verschmitzt sah er sie an. „Entschuldige, dass ich jeden Aufhänger nutze. Aber ich würde mich einfach freuen, wenn wir uns noch mal wiedersehen."

Sie ließ sich Zeit mit ihrer Antwort, horchte in sich hinein. Ihr Blick war ebenso offen wie skeptisch. Okay, ein weiteres Treffen – warum nicht?

Auch wenn Eileen ihn zunächst auf Abstand halten wollte, war sie selbst überrascht, wie schnell sie sich wieder näherkamen. Doch sie vertraute auf ihr Bauchgefühl – und auf Simon. Und beobachtete genau, wie ihr Sohn auf die geänderte Situation reagierte. Aber ihre Sorge war unbegründet. Lukas hatte Simon schon damals gemocht und freute sich, dass er nun wieder Bestandteil ihres Lebens werden sollte.

Moritz hatte sich schon länger nicht mehr von seinem Südamerika-Trip gemeldet, kam Eileen irgendwann in den Sinn. Er hatte ihr beiläufig von seinen Plänen erzählt, als er ihren Sohn nach einem Wochenende im Juni zu ihr brachte. Zwei Monate wollte er wegbleiben, und er würde nicht immer gut erreichbar sein. Ihr Ex auf Selbstfindungstrip. Sie hatte es hingenommen, es tat ihr nur leid für Lukas, der seinen Papa sehr vermisste. Und traurig darüber war, dass seine Nachrichten immer spärlicher wurden. Umso mehr freute sie sich, dass es zwischen Lukas und Simon so entspannt lief.

Am nächsten Tag klingelte es, und Eileen konnte zunächst nur einen großen Blumenstrauß entdecken, hörte jemanden ein „Hallo“ sagen.

Das war Moritz' Stimme! Sie konnte kaum glauben, was sie sah. „Hi! Du bist zurück?“ Auf die Schnelle fiel ihr nichts Schlaueres ein.

„Sorry, ich wollte mich schon früher melden, aber es gab einige Probleme beim Rückflug. Ich dachte, ich komme gleich mal vorbei, damit wir noch kurz über Lukas' Einschulungsfeier sprechen können. Die ist ja schon in wenigen Tagen.“ Er hielt ihr den Strauß entgegen, während er ohne Punkt und Komma redete. Er schien wirklich ganz zerknirscht, stand mit hängenden Schultern vor ihr. „Und ich wollte mich bei dir entschuldigen. Dafür, dass ich deine Gefühle verletzt habe. Ich hatte auf meiner Reise viel Zeit zum Nachdenken und mir ist jetzt erst klar geworden, wie viel Bockmist ich gebaut habe. Vielleicht hast du ja Zeit, ein bisschen zu quatschen?“

Eileen nahm ihm ein wenig ratlos die schönen Blumen ab. Sie konnte sich nicht erinnern, wann sie in ihrer Beziehung das letzte Mal Blumen von ihm bekommen hatte. Und schön, dass er auf seinen Reisen einmal zu sich gekommen war und sich künftig empathischer verhalten wollte. Sie hatte ganz verdrängt, dass sie noch klären sollten, wie sie an Lukas' großem Tag miteinander umgehen würden. Es freute sie, dass Moritz den Anfang machte, aber dass er ausgerechnet heute über Lukas' Einschulung reden wollte, passte ihr gar nicht ins Konzept. Nervös sah sie sich um.

„Ähm... Jetzt ist ehrlich gesagt nicht der richtige Zeitpunkt. Wollen wir das vielleicht besser morgen am Telefon klären?" Doch bevor er etwas erwidern konnte, ging die Badezimmertür auf und Simon trat frisch geduscht und von der Haustür gut sichtbar in den Flur, nur mit einem Handtuch umschlungen. Sein „Hi" in Moritz' Richtung sollte locker klingen, aber kam auch in Eileens Ohren nicht so rüber. Er verschwand sogleich im Schlafzimmer. Und plötzlich lag Spannung in der Luft.

Moritz' Gesicht entgleiste ihm, als er Simon mit den Augen bis zur Schlafzimmertür verfolgte. Seine eben noch freundliche Stimmung kippte in Wut und seine Augen verengten sich zu schmalen Schlitzen. „Ich verstehe. Du bist also wieder mit diesem Typen zusammen. Das hätte ich mir denken können", presste er hervor. „Okay, dann machen wir es kurz: Ich werde bei der Grillfeier der Schneiders mit von der Partie sein, ich habe Patrick und Annalena gestern getroffen. Ich hoffe, du hast wenigstens so viel Anstand, den Kerl nicht mit anzuschleppen." Er machte einfach eine Kehrtwendung und eilte zum Wagen.

Eileen konnte ihm nur fassungslos und mit offenem Mund nachschauen. ‚Da haben seine guten Vorsätze ja nicht sehr lange angehalten', dachte sie ironisch, bevor sie leise die Tür schloss.

Ein neuer Lebensabschnitt

Die Sonne strahlte am Himmel, als Lukas stolz zwischen seiner Mutter und Camille seine prall gefüllte Schultüte hielt. Er war ganz zappelig vor Aufregung und nahm in der Aula zwischen seinen Freunden in der ersten Reihe Platz, während sich die Halle mit Angehörigen füllte. Eileen hatte ein mulmiges Gefühl, als sie Moritz auf sich zukommen sah. „Habt ihr noch einen Platz frei?"

Sie hatten die Tage nicht mehr miteinander gesprochen, und er tat einfach so, als wäre nichts gewesen. Das war typisch für ihn. Eileen zwang sich zu einem Lächeln und nahm ihre Handtasche zur Seite, um ihm Platz zu machen. Und wenn sie heute gute Miene zum bösen Spiel machen musste – um nichts in der Welt wollte sie an Lukas' besonderen Tag schlechte Stimmung aufkommen lassen. Sie winkte Annalena und Amanda zu, die eine Reihe vor ihnen Platz gefunden hatten.

Ihre Kinder waren überglücklich, dass sie in dieselbe Klasse kommen sollten. Und die Erwachsenen waren entsprechend erleichtert, denn diese vier waren einfach unzertrennlich. Sie zogen mit ihrer sympathisch lächelnden jungen Klassenlehrerin zu ihrer ersten Unterrichtsstunde ab, während die Erwachsenen mit einer Vorführung unterhalten wurden.

Begeistert kamen die Kinder zu ihren Familien zurück. Schule würde Spaß machen, da waren sie sich sicher. Die Erwachsenen waren froh über den guten Start und hofften, dass ihnen die Lernfreude noch lange erhalten bliebe.

Nachdem sie sich eine Weile mit anderen Eltern und Lehrern ausgetauscht hatten, drängte Annalena den Freundeskreis zum Aufbruch. Der bestellte Caterer würde sicher bereits in ihrem Garten aufbauen. Und so machten sich die stolzen Kids neben ihren nicht minder stolzen Eltern und Verwandten auf den Weg nach draußen.

„Wie ärgerlich! Ich hoffe, das Wetter hält sich", meinte Amanda mit einem Wink auf die aufziehenden Wolken.

„Das wollen wir doch hoffen", meinte Patrick ein wenig besorgt. „Schließlich haben wir extra zur Feier des Tages eine Hüpfburg bestellt und ein großes Zelt aufgebaut."

Eileen war mit Lukas und Camille zu ihrem Wagen aufgebrochen. Moritz, der in ihrer Nähe geparkt hatte, ging neben ihr. Sie schwiegen, eifrig darauf bedacht, nicht wieder aneinanderzugeraten. Eileen spürte ein Grummeln in der Magengegend. Es war eine unangenehme Stille, während drumherum fröhlich geredet wurde.

Simon hatte ihr vor zwei Tagen die Entscheidung abgenommen, dass er nicht zu Lukas' Einschulung mitkommen würde. Im Nachhinein war sie froh darüber. „Ich habe für Sonntag einen Überraschungsausflug geplant", hatte er Lukas versprochen. „Bloß keinen Stress, Eileen. Wir sind erst wieder frisch zusammen, und dein Ex kommt mit der Situation und mit mir absolut nicht klar. Da wollen wir doch kein Öl ins Feuer gießen."

Schweren Herzens hatte sie ihm zugestimmt. Hoffentlich hielt sich Moritz mit seinen blöden Sprüchen mal zurück. Bloß keinen Streit heute, das war ihre Devise. Und ihren Teil war sie bereit, beizutragen.

Vor ihnen gingen Caro, ihr portugiesischer Freund und Caros Mutter. Und sie wurden offenbar gerade unfreiwillig

Zeuge eines bislang gut gehüteten Geheimnisses. Caros Mutter hatte sich bei ihrer Tochter eingehakt und war so euphorisch, dass sie ihre Stimme erhob. „Ich hab's dir doch gleich angesehen, Caro! Ein Kind! Ich freue mich so für euch!"

Eileen sah ihren Ex verstohlen von der Seite an, das konnte er nicht überhört haben.

Als sie an den Schneiders vorbeigingen, rief Moritz ihnen scheinbar ungerührt ein „Bis gleich!" entgegen, während den Dreien ihr Lächeln gefror.

Er ließ sich nichts anmerken. Doch Eileen kannte ihn zu gut und wusste, dass es nun in ihm arbeitete. Ganz automatisch war ihr Blick im Vorbeigehen auf Caros Bauch gefallen. Wenn man es wusste, war der Bauchansatz unverkennbar. Wie würde Moritz diese Neuigkeit verarbeiten? Eileen und er würden in wenigen Monaten geschieden sein, und seine beruflich erfolgreiche Ex-Freundin hatte bald eine eigene Familie. Nur er bekam sein Leben gerade auf keiner Ebene in den Griff. Doch das wollte sie nicht zu ihrer Sorge machen. Als sie sein Auto am Straßenrand sah, beschleunigte sie ihre Schritte. „Wir sehen uns ja gleich", bemühte sie sich um einen aufmunternden Ton, während er nur mit versteinerter Miene nickte.

Die Kids tobten glücklich auf der Hüpfburg herum und mit Buddy durch den Garten. Erste Tropfen störten sie wenig in ihrem Spiel. Die Erwachsenen sahen dagegen besorgt zum Himmel. „Wie gut, dass ihr an ein Zelt gedacht habt", lobte Eileen, die sich noch einen Salat vom Büfett holte. Die Stimmung war trotz des Wetters noch recht entspannt, und sie unterhielten sich alle bestens. Caro hatte sich den Tischreden angeschlossen und ihre Schwangerschaft gleich allen verkündet. Natürlich hatte Eileen ihr gratuliert und war überrascht, dass sie und Caro einen guten Draht zueinander fanden. Sie erzählte von ihrem Leben in Portugal und war sehr interessiert daran, wie es Eileen nun gesundheitlich ging. Den vergangenen Sommer würden beide jedenfalls ihren Lebtag lang nicht vergessen.

„Alles Gute auch für dich, Eileen, und viel Glück bei deinen Prüfungen!“ Caro schenkte Orangensaft nach und sie stießen miteinander an.

Eigentlich war die Frau gar nicht so übel, stellte Eileen fest. Es war ein Vorteil, nicht länger um denselben Mann zu kämpfen. Und Pedro, der sich zu ihnen gesellte, unterhielt sie gleich mit köstlichen Anekdoten.

„Leider werde ich jetzt wohl noch weniger nach Deutschland kommen“, sagte Caro bedauernd, als ihre Nichte und ihr Neffe an ihnen vorbeiflitzten, um sich etwas vom Büfett zu stibitzen.

„Aber Tante Caro, dann kommen wir dich halt besuchen!“, rief Nele fröhlich, bevor sie wieder nach draußen stürmten. Eileen nickte. Es würde sich alles finden. Sie hatte jedenfalls mit Annalena und Amanda gute Freundinnen gefunden. Auch mit Simon lief es ganz wunderbar, und ihre Weiterbildung gab ihr so viel. Was wollte sie noch mehr? Sie sah sich nach Camille um, die sich gut mit den anderen Gästen unterhielt. Gerade stand sie mit Caros Mutter Gabriele zusammen. Wie mühelos es ihr gelang, mit anderen in Kontakt zu kommen! Das hätte sich Eileen auch einmal gewünscht. Sie hörte die Kids draußen vor Vergnügen kreischen. Sie sollten Spaß haben an ihrem Tag! Eileen ließ ihre Blicke schweifen, wie immer, wenn sie ein paar Minuten für sich brauchte. Als ihr Blick auf ihren Ex fiel, stutzte sie kurz. Irgendwas war mit Moritz. Sie konnte sich aber auch täuschen. Er war nicht der Erste, der sich am frühen Nachmittag schon ein Bier gegönnt hatte. Als sie kurz darauf erneut zu ihm hinübersah, holte er sich bereits das Nächste aus dem Kühlschrank. Eileen hatte nicht bewusst mitgezählt, es ging sie ja nichts an. Aber fünf Bier und ein paar Verdauungsschnäpse waren es bestimmt gewesen. Schwankte er jetzt etwa? Entsetzt beobachtete sie ihn. Sie würde nie verstehen, warum Alkohol von den meisten verharmlost wurde. Langsam stieg Verärgerung über sein Verhalten auf. Da trafen sich ihre Blicke, und er sah sie provozierend an. Genervt sah sie weg, auch wenn sie am liebsten einen Spruch gemacht hätte. Doch was würde das bringen, sie verkniff es sich. Schließlich war es seine Sache, was er tat. Er war schließlich erwachsen.

Mit ihrem Getränk in der Hand ging sie zu Annalena herüber, die mit Amanda und einigen anderen zusammenstand und sie zu sich winkte. Ihre Miene wirkte angespannt, ihre Stimme klang gepresst.

„Ich wollte es nicht schon zu Anfang sagen, um die Stimmung nicht zu drücken, aber stellt euch mal vor, was ich vorhin erfahren habe! Die Zweitklässler haben in der letzten Woche Ecstasy in einer Dose im Gebüsch an der Bushaltestelle gefunden, ganz in der Nähe des Schulgeländes! Bunte Tabletten mit einem netten Smiley drauf. Kein Wunder, dass eines der Kids direkt etwas von den Pillen probiert hat. Er musste dann zur Behandlung ins Krankenhaus." Ihre Stimme bebte vor Empörung. „Die Elternsprecherin wohnt gegenüber dem Schulgebäude, sie hatte mir davon erzählt, bevor wir aufgebrochen sind."

„Verdammt, das darf doch nicht wahr sein! Dann ist es wohl am besten, wenn wir die Kids zur Schule fahren und wieder abholen, anstatt dass sie den Schulbus nehmen. Nicht auszudenken, was da hätte passieren können! Wir machen einen Fahrplan, um uns abzuwechseln, was meint ihr?" Auch

Amanda hatte sich in Rage geredet. Sie waren alle fassungslos. Als sich die Gemüter so richtig erhitzt hatten, trat auch Moritz zu der Gruppe. Er schwankte leicht und sah so aus, als sollte er sich nachher besser ein Taxi nehmen.

„Wie stehst du eigentlich zu Drogen, Eileen?“ Sein Tonfall war laut und aggressiv. „Dein toller neuer Freund zieht ja auch gerne mal eine Line durch. Also ich habe da wegen Lukas kein gutes Gefühl.“

Betretenes Schweigen, unsicher sahen alle von Moritz zu Eileen. Stimmte das etwa, oder waren das nur die Auswüchse eines bösen Rosenkrieges? Eileen schoss die Hitze in die Wangen. Sie musste erst einmal durchatmen, ihr Herzschlag beschleunigte sich. Doch dann legte sie los. „Spinnst du jetzt total, Moritz?!“, schrie sie ihren Ex an. Sie vergaß ihren guten Vorsatz, den Frieden um jeden Preis zu wahren. „Was erzählst du da für einen Mist über meinen Freund?! Und überhaupt, du hast viel zu viel getrunken! Fass dich mal an die eigene Nase, bevor du andere mit Dreck beschmeißt!“ Sie funkelte ihn wütend an.

Während Patrick versuchte, Moritz zur Seite zu nehmen, legte Annalena den Arm um die Freundin. Die anderen wandten sich ab, schließlich schien Moritz in seinem Zustand nicht mehr so recht glaubwürdig, und in eine Schlammschlacht wollten sie nicht hereingezogen werden.

Doch er musste noch mal nachtreten. „Aber ich hab doch recht damit. Ich finde, das kann ruhig jeder über deinen Neuen wissen.“ Er lallte leicht.

„Verdammt, er ist weg davon. Und außerdem geht es niemanden etwas an!“, zischte sie.

„Ach, du gibst es also zu.“ Sein Lachen brachte Eileen zur Weißglut, sie ballte die Fäuste. Patrick griff Moritz am Ärmel und führte ihn aus dem Zelt, bevor die Situation noch weiter eskalierte. Mit finsterem Blick und vor Verachtung hochgezogenen Mundwinkeln sah sie ihm nach.

Eileen fühlte sich wie im falschen Film, ihre Gedankenspirale konnte sie nicht stoppen. Warum tat Moritz ihr das an? Hatte er dabei auch mal an Lukas gedacht? Musste er immer so viel trinken, dass er gar nichts mehr blickte? Sie hatte gerade in dieser Clique ihren Platz gefunden, hatte neue Freunde gewonnen, war glücklich mit Simon. Doch jetzt konnte sie es ja wohl vergessen, ihren Freund hier mitzunehmen. Sie war sich sicher, dass sie jetzt immer die Außenseiter bleiben würden. Leute, über die man lieber redete, anstatt mit ihnen. Sie hoffte bloß, dass es nicht auch Lukas treffen würde. Beim Gedanken an ihren Sohn konnte sie nicht verhindern, dass ihr die Tränen kamen. Wütend wischte sie sie weg.

„Das war so mies von Moritz! Patrick findet die passenden Worte, da kannst du sicher sein“, tröstete Annalena sie.

Und auch Amanda stand ihr bei. „Moritz sollte wirklich vor seiner eigenen Tür kehren. Er trinkt viel in letzter Zeit, da muss er nicht über andere herziehen.“

Die Gäste hatten sich endgültig anderen Themen zugewandt. Doch Eileen spürte immer wieder mitleidige Blicke, die sie streiften. Sah den bedauernden Ausdruck in Caros Augen. Ihr Herz zog sich schmerzhaft zusammen.

Camille hatte sich zu ihr durchgeschoben, hakte sich bei ihr unter. Ihre Miene war ernst. „Lass uns gehen, Eileen!“

Ein plötzlicher Donnerschlag, und der Himmel schien seine Schleusen zu öffnen. Aufbruchstimmung und hektisches Zusammenräumen setzten ein, und Eileen war froh, dass sie mit ihren Lieben verschwinden konnte, ohne groß aufzufallen. Innerlich wie betäubt lief sie ihnen hinterher zum Auto. Schnell hatte der Regen sie vollkommen durchnässt, und sie konnte nur noch an eines denken: Moritz hatte es tatsächlich geschafft, diesen tollen, ereignisreichen Tag aus einer Laune heraus in einen Albtraum zu verwandeln!

Der Kater danach

Moritz hatte das Gefühl, nur noch aus Kopfschmerzen zu bestehen, als er gegen Mittag endlich aufwachte. Als wollte das Wetter den gestrigen Reinfall entschuldigen, strahlte die Sonne durch sein Fenster. Moritz stöhnte auf. Der heutige Tag würde ohne ihn stattfinden, Sonnenschein hin oder her. Er schleppte sich ins Bad, um nach Kopfschmerztabletten zu suchen. Dabei vermied er den Blick in den Spiegel, was ihm jedoch nicht ganz gelang. Schnell sah er weg, erschrocken von seinem Anblick. Die blutunterlaufenen Augen, die fahle Gesichtshaut, dunkle Tränensäcke und die tiefen Stirnfalten brannten sich ihm ein. Verdammt, er wurde alt. Und der Alkohol, dem er in den letzten Monaten allzu viel zugesprochen hatte, war ganz bestimmt kein Schönheitsmittel gewesen. Er war froh, dass er sich nicht übergeben musste, als er sich bückte, um nach der letzten Tablette ganz hinten im Schrank zu fischen. Vielleicht würde eine kalte Dusche es richten? Zumindest erfrischte sie ihn. Ein wenig klarer im Kopf trat er wieder heraus. Doch mit der Klarheit kamen auch seine Erinnerungen wieder. Gott, was hatte er gestern getan?! Er schämte sich in Grund und Boden. Hatte er sich wirklich auf Lukas' Einschulungsfeier volllaufen lassen und rumgepöbelt? Er hatte Eileen eins auswischen und sie mit ihrem neuen Partner bloßstellen wollen. Nur um seinen Frust rauszulassen. Doch er hatte das Wichtigste übersehen: Vor allem Lukas würde unter Ausgrenzungen leiden müssen, wenn die anderen Kids nicht mehr mit ihm spielen durften. Er wusste doch aus eigener Erfahrung nur zu gut, dass sich die Vorurteile gegen die Eltern auch gegen die Kinder richteten. Denn viele Erwachsene konnten nicht gut differenzieren. Man machte einfach einen großen Bogen um die ganze Familie. Als hätte sein Junge nicht schon genug durchgemacht! Verdammt. Verdammt! Nichts würde er lieber tun, als sein Verhalten vom Vortag ungeschehen zu machen. Seine Gedanken kreisten, und er konnte sie einfach nicht ausschalten. Kurz überlegte er, ob er sich mit einigen Flaschen Bier erneut abschießen sollte, einfach um nicht mehr denken zu müssen. Doch vor seinem inneren Auge sah er Eileens Blick, als Patrick ihn zur Seite genommen hatte. Ihr Ekel und ihre Verachtung hatten ihn ins Mark getroffen. Sie war kurz darauf vor dem Regen geflüchtet – und mit Sicherheit auch vor ihm. Kalte Schauer liefen ihm über den Rücken. Sein Verhalten ihr gegenüber war ekelhaft gewesen, er musste sich entschuldigen und sich endlich ändern. Sie konnten nur zusammen an einem Strang ziehen. Er ging in die Küche, um sich einen Kaffee zu machen. Plötzlich ploppte in ihm der Gedanke hoch, wie er überhaupt nach Hause gekommen war. Er sah in den Hof, doch sein Wagen stand jedenfalls nicht vor der Tür. Siedend heiß fiel ihm ein, dass Patrick ihn gefahren hatte, nachdem Annalena ihm energisch den Autoschlüssel abgenommen hatte. Er stöhnte auf – und diesmal nicht vor Kopfschmerzen. Wie peinlich war das denn? Also hatte Lukas einen Vater, der trank, und einen Ersatzvater, der Drogen nahm. Konnte es für ein Kind schlimmer kommen? Sein Sohn war bereits für die anderen unten durch, ohne dass er irgendetwas dafür konnte – und ohne dass sein Leben richtig angefangen hatte. Moritz erinnerte sich an seine guten Vorsätze am Ende seines Südamerika-Trips. Dort war er endlich wachgerüttelt worden. Dieser Zustand hatte leider nicht lange angehalten.

Als Moritz sich umsah, fielen ihm die leeren Bierflaschen auf dem Boden auf. Das war doch nicht immer so gewesen, seit wann war Alkohol sein täglicher Begleiter? Sein eigener Vater fiel ihm ein. Er hatte ihn zum Schluss nur noch verachtet. Sollte sich Lukas für ihn auch einmal so schämen müssen? Mittlerweile war er sich gar nicht mehr sicher, ob er auch nur einen Deut besser war als Simon. Der hatte wenigstens den Kampf gegen sein Drogenproblem aufgenommen, während er sich das Trinken weiter schönredete. Doch damit war jetzt Schluss! Sein vergangenes Verhalten konnte er nicht ungeschehen machen. Er konnte nur mit aller Kraft verhindern, dass ihm so etwas noch einmal passierte! Ihm fiel das Versprechen ein, das er und Eileen ihrem Sohn gegeben hatten, als sie sich endgültig getrennt hatten. „Wir werden immer für dich da sein. Unsere Trennung hat absolut nichts mit dir zu tun. Mama und Papa werden dich immer lieb haben!“ Aber der Alkohol hinderte ihn daran, sein Versprechen einzulösen, und er würde es weiterhin tun. Das wurde ihm jetzt endlich bewusst. Entschlossen kippte Moritz alle Flaschen an Bier, Wein und Hochprozentigem, die er finden konnte, in den Ausguss. Er schwor sich, alles zu tun, damit es Lukas gutging. Dafür brauchte er einen klaren Kopf und einen guten Plan, denn er musste erst mal einiges wieder geraderücken.

Unfassbar

Sie hatten sich komplett umziehen müssen, der Regen war einfach zu stark gewesen. Seitdem saß Eileen wie betäubt auf dem Sofa. Irgendwann musste sie Licht anmachen, sie konnte bei der Dämmerung kaum noch etwas erkennen. Dicke Regentropfen platschten gegen die Scheibe und verstärkten ihre hoffnungslose Stimmung. Camille beobachtete sie eine Weile, dann brachte sie ohne ein weiteres Wort Lukas ins Bett. Der Junge hatte nicht den ganzen Streit mitbekommen, nur die negative Stimmung, die zwischen seinen Eltern ohnehin schon länger herrschte. Und so war er trotz des überstürzten Aufbruchs noch immer begeistert von seiner Einschulungsfeier und freute sich auf den bevorstehenden Tag mit Simon.

Simon. Eileen brachte es nicht übers Herz, jetzt mit ihm zu reden. Sie wollte ihn auch nicht um sich haben, musste nachdenken. „Mein Ex hat die Feier gesprengt, ich brauche heute Zeit für mich", schrieb sie ihm. In ihrem Grübeln bekam sie nicht einmal mit, dass es an der Tür klingelte, sodass Camille öffnete.

„Du hast Besuch, Eileen", versuchte Camille, zu ihr durchzudringen. Dann nickte sie ihr zu und zog sich in ihr Zimmer zurück, damit die beiden ungestört reden konnten. Eileen sah auf. Ihre Augen weiteten sich, als sie sah, wer ins Wohnzimmer eingetreten war. „Annalena! Schön, dass du da bist."

„Hi. Ich wollte dich nicht allein lassen mit dem Mist. Patrick ist gerade nach Hause gekommen, er hat Moritz heimgebracht und musste ihm die Leviten lesen. Moritz ist ja momentan ziemlich beratungsresistent, doch wem sage ich das? Ich habe mir Sorgen um dich gemacht und dachte, ich schau mal vorbei."

Ihr Interesse rührte Eileen, sie brachte ein schwaches Lächeln zustande. „Das ist lieb von dir. Ich weiß ehrlich gesagt nicht, wie ich mit der ganzen Situation umgehen soll. Wie alle mich angestarrt haben – grauenhaft! Ich hoffe nur, dass Lukas nicht alles abbekommt." Den letzten Satz flüsterte sie nur.

Annalena nickte. „Ich weiß. Und es war grundfalsch von Moritz, so etwas in die Welt zu setzen. Ich werde auch noch mal mit allen reden, mit denen ich es noch nicht getan habe. Denn Lukas darf auf keinen Fall ausgegrenzt werden, dafür werden Amanda und ich schon sorgen. Aber auch Simon verdient eine Chance, dieses Vorverurteilen darf nicht passieren. Immerhin kämpft er gegen sein Problem an und versucht, alles wieder in Ordnung zu bringen."

Erst jetzt bemerkte Eileen, dass ihr Besuch vor Nässe und Kälte zitterte. „Warte, ich hole dir trockene Sachen zum Anziehen und mache uns einen Tee." Annalenas Worte waren Balsam für ihre Seele. Und sie hatten in ihrem Umfeld Gewicht.

Es wurde spät an diesem Abend und sie sprachen offen über Beziehungen und Vertrauen, über Konflikte und wann bei ihnen die Grenze überschritten war. Eileen erfuhr erst jetzt davon, dass Annalenas Vater alkoholkrank war. „Und glaube mir, ich merke, wenn jemand den Kampf aufnimmt. Mein Vater hatte diese Stärke jedenfalls nicht gehabt." Ihre Stimme zitterte dabei.

„Ich habe Angst davor, dass meine Beziehung zu Simon immer kritisch beäugt wird, während man selbst doch auch mal Zweifel hat, ob er es auch schafft. Aber am meisten habe ich

Angst, dass Lukas jetzt Nachteile haben könnte", gestand Eileen. „Für meinen Sohn würde ich alles tun."

Annalena umarmte sie. „Ich weiß. Vorurteile sind mies, und ein paar Leute werden sich immer daran hochziehen. Aber viele stehen auf eurer Seite. Und ganz sicher Patrick und ich, Amanda und unsere Kids. Also hör auf dein Bauchgefühl, du wirst dich richtig entscheiden mit Simon. Ich mag ihn jedenfalls und glaube, dass er es schaffen kann. Aber sicher braucht er dafür auch deine Hilfe. Und wie du mit Moritz umgehst?" Sie zuckte mit den Schultern. „Er hat es selbst in der Hand. Wie man in den Wald hineinruft, so schallt es wieder heraus." Sie sah auf die Uhr und dann nach draußen. Der Regen hatte sich wohl für kurze Zeit gelegt. „Es war schön, so offen zu reden! Ich muss jetzt aber los, die nächste Unwetterfront kommt bestimmt. Und davor wäre ich gerne trocken zu Hause."

Sie umarmten sich herzlich. „Danke, dass du hier warst. Und dass ich auf dich zählen kann!"

Am liebsten wäre Eileen zu Hause geblieben, aber sie brachte es nicht fertig, ihren Sohn zu enttäuschen. Zu sehr hatte er sich auf den Ausflug mit Simon gefreut. Doch in Eileens Kopf kreisten die Gedanken. Würde es die Runde machen und wie würden die anderen Familien reagieren? Wie lange würde sie dem Gerede standhalten können? Würde Lukas darunter leiden? Und konnte sie ganz sicher sein, dass Simon nie wieder rückfällig wurde? Hätte sie nur für sich selbst entscheiden müssen, wäre es leichter gewesen. Doch sie bestimmte auch Lukas' Zukunft.

Die Fahrt zum Zoo Hannover verlief schweigend. Eileen war klar, dass Simon unbedingt wissen wollte, was vorgefallen war. Doch er ließ ihr Zeit, sich zu sortieren und wartete den passenden Augenblick für ein Gespräch ab.

Lukas' Begeisterung für die Tiere war normalerweise ansteckend, doch heute sprang der Funke nicht recht über. Es hätte ein schöner Familienausflug werden können, doch so schlichen sie nur lustlos hinter ihrem Sohn her, und Eileens gedrückte Stimmung zog auch Simon herunter. Erst bei der Elefantenfütterung konnten sie in Ruhe miteinander reden. Denn Lukas ließ es sich nicht nehmen, der Elefantenfamilie von der ersten Reihe aus zuzuschauen.

Sie suchten sich einen Platz auf einer Bank in der Nähe. Das Schweigen zwischen ihnen zerrieb sie fast.

„Was ist gestern passiert, dass du plötzlich so dicht machst? Spann mich bitte nicht länger auf die Folter!" Seine Stimme war belegt, eine Sorgenfalte bildete sich auf seiner Stirn.

Da brach es aus Eileen heraus. „Moritz hatte sich auf der Einschulungsparty die Kante gegeben und lautstark darüber hergezogen, dass du Drogen genommen hast. Ich habe natürlich gekontert, aber es fühlte sich an, als wäre ich eine Aussätzige. Alle haben mich angestarrt und überlegt, wem sie wohl glauben sollten. Und ich habe wirklich Angst, dass Lukas ausgegrenzt wird, nur weil wir zusammen sind."

Simon starrte sie an. Er schien sich so etwas schon gedacht zu haben. „Wer war denn alles da? Stand niemand auf deiner Seite?"

„Außer uns Gott sei Dank nur Annalenas und Amandas Verwandte. Und die beiden haben mir beigestanden. Annalena ist nachmittags sogar noch vorbeigekommen, um zu gucken, wie es mir geht. Das war lieb." Sie seufzte und sah ihn direkt an. „Ich weiß nicht, ob ich es schaffe, dich und unser Zusammensein jeden Tag aufs Neue zu verteidigen, vor allem nicht, wenn es Lukas schadet." Sie fügte leise hinzu: „Manchmal habe ich auch Angst, dass du rückfällig werden könntest."

Nun war es raus. Simon atmete hörbar aus. Das musste er erst einmal verdauen. Sie schwiegen einen Moment, doch er fand seine Worte als Erster wieder. „Das tut mir so leid, Eileen, dass du wegen mir im Kreuzfeuer gestanden hast. Ich weiß, dass sich Vorurteile ewig halten können, und die meisten geben einem keine zweite Chance. Alles nur, weil dein Ex mit seinem Leben nicht klarkommt und du schon. Und weil ich ein Drogenproblem hatte." Er vergrub seinen Kopf in den Händen.

„Was machen wir jetzt bloß?"

Simon sah wieder auf. „Was sagt dir dein Bauchgefühl?"

Sie schwieg lange. „Wir können es schaffen. Aber Sorgen mache ich mir trotzdem."

Er nickte. „Und wir schaffen das auch! Ich kann dich nur bitten, mir zu vertrauen. Glaube mir, ich will euch bestimmt nicht in irgendetwas hineinziehen. Natürlich weiß ich nicht, vor welche Herausforderungen uns das Leben stellt. Aber ihr beide seid mir viel zu wichtig, Eileen. Ich liebe dich, und ich werde um unsere Beziehung kämpfen. Und irgendwann hört das Gerede auch auf, wir müssen nur gemeinsam stark bleiben."

Sie sahen sich lange in die Augen. Ihr Gefühl sagte ihr, dass er es wert war, und dass er es schaffen würde. Dann nickte sie. „Wir werden es versuchen. Denn ich liebe dich auch. Du warst für mich da, als es mir schlecht ging. Ich lasse dich jetzt nicht im Stich." In ihrem Kuss lag ihr Vertrauen in ihn, und sein Versprechen, das er niemals brechen wollte.

Sie stand auf. „Lass uns nach Lukas sehen."

Simon folgte ihr. Doch ihr Sohn kam ihnen schon ganz aufgeregt entgegengelaufen. „Mama, das war so toll! Die kleinen

Elefantenbabys haben auch schon ganz normal gefressen." Ein bisschen von seiner guten Laune schwappte auf sie über.

„Klein ist relativ", lachte Simon und zog ihm neckisch die Kappe ins Gesicht. „Da wiegt der Kleinste garantiert mehr als ich."

Nachdem sie sich ausgesprochen hatten, konnten sie den Nachmittag befreiter genießen und verließen als letzte Gäste den Zoo. Ohne dass sie darüber reden mussten, war beiden klar, dass jeder für sich die Situation erst einmal verarbeiten musste. Und so setzte Simon beide vor ihrer Haustür ab.

„Pass gut auf deine Mama auf, Großer!", rief Simon ihrem Sohn zum Abschied zu. „Und hab viel Spaß morgen!"

„Das mache ich", versprach Lukas ganz ernsthaft und dann lachte er. „Ich bin doch mit meinen Freunden zusammen, wir haben immer Spaß."

Simon und Eileen mussten mitlachen. Hoffentlich würde es auch so bleiben!

Zum Abschied nahm er ihre Hände. „Danke, dass du uns diese Chance gibst, Eileen. Mein Versprechen gilt für immer. Ich werde um unser Glück kämpfen, und dass ich gesund bleibe."

Eileen sah ihm nach, als er wegfuhr. Sie hatten keine Eile, und sie mussten niemandem etwas beweisen. Nur sich selbst. Wenn er kämpfen würde, dann würde sie es auch tun. Für sie drei – und notfalls würde sie es gegen jeden aufnehmen. Sie würde so leicht nichts mehr erschüttern, das spürte sie. Sie und Simon mussten, nein, sie würden es gemeinsam schaffen. Und mit diesem Gefühl schloss sie die Haustür auf.

Die nächsten Wochen waren für alle eine große Umstellung. Lukas merkte schnell, dass es in der Schule doch strenger zuging als in der Kita. Eileen war froh, dass er von seinen drei Freunden nicht getrennt worden war, gemeinsam würde es ihnen leichter fallen. Annalena, Amanda und sie trafen sich, so oft es möglich war, mit den Kids, und sie hatten genau wie diese immer etwas zu lachen. Kein Wort fiel mehr zu Moritz' Gerede über Simon, sie hatten es einfach abgehakt.

„Jetzt gehen wir alle drei zur Schule – Camille, du und ich", meinte sie aufmunternd, als Lukas wegen seiner Hausaufgaben maulte, die er vor seinem Spielplatzbesuch noch machen musste.

„Aber du musst da nicht hin und ich schon." Trotzig spitzte er seinen Bleistift an.

Nun musste Eileen lachen. Genau wie Camille brachte er die Sachen auf den Punkt.

„Komm, noch diese kleine Matheaufgabe, dann kannst du los zum Spielen", munterte sie ihn auf. Gleich würde Max vorbeikommen und sie wollten allein zum nahegelegenen Spielplatz gehen. Schließlich waren sie jetzt schon große Schulkinder.

Und tatsächlich schaffte Lukas die Aufgabe noch vor dem Türklingeln. Sofort beim ersten Läuten sprang er auf und lief zur Tür. Eileen hatte Annalena noch nicht einmal richtig begrüßt, als die beiden Jungen schon zum Spielplatz unterwegs waren. Lachend sah Eileen ihnen nach. Überrascht sah sie Annalenas besorgtes Gesicht. „Lena, ist alles in Ordnung? Magst du noch reinkommen?"

Annalena erwiderte die Umarmung, schüttelte aber den Kopf. „Ich muss leider los, ich habe noch einen Termin in der Kanzlei. Ich komme Max gegen 18 Uhr abholen. Heute in der Schule haben sie übrigens wieder Drogen gefunden. Diesmal direkt an den Klettergeräten auf dem Schulhof. Hier soll eine

Gang von Jugendlichen ihr Unwesen treiben. Schaust du bitte nachher mal beim Spielplatz vorbei? Ich hätte dann ein besseres Gefühl."

„Na klar, das mache ich", versprach Eileen. Wie sollten die Kids selbstständig werden, wenn häufig etwas passierte und man sie beschützen wollte? Dass Lukas sich momentan allzu mütterliches Gehabe verbat, machte die Sache nicht einfacher. Sie hatte ihm eingeschärft, dass er nichts von Fremden annehmen und sofort nach Hause kommen sollte, wenn ihm etwas komisch vorkam. Beide Jungs waren vernünftig für ihr Alter und sie waren zu zweit unterwegs. „Aber mach dir nicht zu viel Sorgen. Hier ist es doch wirklich beschaulich und der Spielplatz liegt von der Bushaltestelle entfernt. Da würde ein Pulk Jugendlicher doch auffallen, die niemand hier kennt." Sie winkte der Freundin nach, als sie zum Auto ging. Es kam selten vor, dass sie einmal nicht die Besorgteste war.

Sie machte sich erst einmal einen Matcha-Tee. Es würde noch gut eine Stunde dauern, bis Camille von der Arbeit aus der Sprachschule nach Hause kam. Heute war ein Brief aus Frankreich gekommen. Sie hoffte sehr für sie, dass nun auch das letzte Amtsstück zum Hausverkauf geklärt war und das Geld überwiesen wurde. Die Bürokratie in Frankreich war auch nicht viel besser als die hiesige. Dann konnte Camille hier in Deutschland endlich einen kompletten Neustart machen. Einige Wohnungen hatte sie sich bereits angeschaut, aber das Passende war noch nicht dabei gewesen. Apropos Neustart. Sie musste zusehen, dass sie ihren eigenen hinbekam. Simon war für einige Tage zu einer Weiterbildung gefahren, sodass sie vollkommen ungestört war. Sie holte ihre Bücher und Arbeitsmaterialien hervor, die mittlerweile mit vielen Post-its versehen und markiert waren. Sie grinste. Lukas hatte recht, sie machte es ja freiwillig. Und sie war das erste Mal in ihrem Leben eine der Besten. Die Chance auf einen guten Abschluss wollte sie unbedingt nutzen.

Eileen war so vertieft in ihren Unterlagen, dass sie das Klingeln beim ersten Mal gar nicht hörte. Es klingelte weiter. Eileen sah überrascht hoch und eilte zur Tür. Waren die Kids etwa schon wieder zurück?

Als sie die Tür aufriss, blickte ihr Moritz entgegen. Sie hatten seit zwei Wochen kein Wort miteinander gesprochen, und sie kochte noch immer vor Wut, wenn sie an die verunglückte Einschulungsfeier und Moritz' schäbiges Verhalten dachte.

„Du hier? Was willst du?“ Ihre Stimme klang scharf, ihre Miene verhärtete sich. Sie gab sich nicht die geringste Mühe, ihre Ablehnung zu verbergen.

„Es tut mir so leid, Eileen! Ich möchte mich für mein blödes Verhalten entschuldigen!“

Kühl sah sie ihn an. Sie würde es ihm mit Sicherheit nicht mehr leicht machen, wo er ihr Glück fast zerstört hatte. „Ach ja? Und was genau tut dir leid?“ Sie ließ ihn einfach vor der Tür stehen wie einen Fremden.

Moritz trat von einem Fuß auf den anderen. „Ich habe mich auf der Einschulungsfeier wie ein Kotzbrocken verhalten. Ich hatte zu viel getrunken und habe einen Haufen Mist erzählt. Und ich hatte kein Recht, Simon in den Dreck zu ziehen und euch das Leben schwerzumachen. Ich hoffe bloß, dass Lukas nichts zu spüren bekommt.“

Ah, er hatte nachgedacht! „Damit ist das noch längst nicht ausgestanden, Moritz. Du solltest erst mal vor deiner eigenen Tür kehren bei deiner Trinkerei. Und mit einem ‚Schwamm drüber' kann ich dich nicht ziehen lassen. Dafür könnte es für Lukas und für Simon schwere Konsequenzen haben, und mit dieser Angst werden wir nun leben müssen."

„Ich kann nur wiederholen, wie leid es mir tut! Was ich getan habe, ist nicht wieder gutzumachen und das macht es umso schlimmer. Ich werde mit den Leuten reden, damit sich die Gerüchteküche wieder auflöst."

„Das ist auch das Mindeste. Du solltest dich in jedem Fall auch bei Simon entschuldigen, meinst du nicht?" Unerbittlich sah sie ihn an.

Er nickte, vollkommen zerknirscht. „Ich war ein kompletter Idiot, dass ich dir dein neues Glück nicht gegönnt habe. Das bringe ich wieder ins Lot, versprochen. Und mit meiner Trinkerei ist jetzt auch endgültig Schluss."

Sie sah ihn zweifelnd an, wog ab, wie ernst er es meinen konnte. Schließlich nickte sie. „Gut, dann werde ich deine Entschuldigung vorerst annehmen. Aber nur, wenn solche Entgleisungen nie wieder vorkommen und du dich künftig wieder mehr um Lukas kümmerst. Sonst brauchst du nicht sauer sein, wenn er lieber zu Simon geht als zu dir."

„Das ist ein weiterer Grund, warum ich hier bin. Denn das muss wieder verlässlich laufen, da hast du absolut recht. Wo ist Lukas denn, kann ich ihn sehen?"

„Er ist mit Max auf dem Spielplatz."

„Ich bin mir nicht sicher, ob sie da allein hinsollten. Letztens habe ich wieder gehört, dass ein paar Jugendliche sich auf den Spielplätzen rumtreiben. Drogen sind da wohl auch im Spiel."

Das hörte sie jetzt schon zum zweiten Mal. War sie zu sorglos gewesen, nur weil hier noch nichts passiert war? Langsam wurde sie nun doch unruhig. „Du kannst ja gleich mal losgehen und nach den Kids schauen", schlug sie vor.

Moritz nickte. „In Ordnung, ich sehe nach dem Rechten. Und dann würde ich gerne nochmal wiederkommen. Vielleicht hast du danach noch einen Kaffee für mich und wir können ein bisschen reden?“

Sie sah ihm nach. Sein letzter Vorschlag passte ihr nicht, denn dafür hatte er sie zu tief verletzt. Aber zumindest sah er nach Lukas und Max und sie konnten sicher sein, dass alles in Ordnung war.

Sie nahm sich wieder ihre Bücher vor, setzte Kopfhörer auf, um sich bei Musik besser zu konzentrieren.

Es dauerte nicht lange, und sie wurde erneut hochgeschreckt. Lukas' Schreie übertönten noch sein Dauerklingeln und in ihr zog sich plötzlich alles zusammen. War ihm etwas passiert? Oder Max? Moritz wollte doch nachsehen?! Um Himmels willen! Sie stürzte zur Tür.

Als sie die Blutspritzer auf Lukas' Jacke sah, glaubte sie, ohnmächtig zu werden.

Schütze, was du liebst

Moritz war in Gedanken bei dem Gespräch, das er nachher mit Eileen führen wollte. Er würde sein schäbiges Verhalten wieder gutmachen, und das musste er deutlich rüberbringen. Er ging schneller als üblich die Straße entlang in Richtung Spielplatz, der am Ortsrand lag. War Eileen nun zu sorglos oder er zu überängstlich? Er wusste es nicht, aber sein Instinkt ließ ihn schneller werden. Denn über das, was man von dieser Jugend-Gang hörte, sträubten sich einem die Nackenhaare. Als er in den von hohen Büschen umsäumten Feldweg zum Spielplatz einbog, merkte er schon von Weitem, dass etwas nicht in Ordnung war. Ganz und gar nicht in Ordnung, denn die panisch klingende Stimme war eindeutig die von Lukas. „Nein, ich darf von Fremden nichts annehmen!“

Das hatten Eileen und er ihm beigebracht, und er war stolz, dass sein Sohn sich daran hielt – offenbar auch gegen Widerstände. Doch die schienen heftig zu sein, die letzten Meter lief er. Entsetzt sah er Lukas und Max an der Sandkiste stehen, die fünf Halbstarke besetzt hatten. Verdammt, warum bedrängten sie die Kids?! Moritz brüllte die Jugendlichen von Weitem an, während er auf den Pulk zulief. „Nehmt das Scheiß-Zeug weg und lasst die Kinder in Ruhe!“ Er war außer sich vor Wut. Diese missratenen jungen Leute brachten seinen Sohn in Gefahr, ohne dass es sie kümmerte.

„Papa!“

Moritz war bei der Sandkiste angekommen und baute sich vor ihnen auf. Weiter ging sein Plan leider nicht.

„Oh, wie niedlich, Vater und Sohn“, höhnte einer der Jugendlichen, offenbar der Anführer. Seelenruhig steckte er seine Dose weg. Er stieß seine Kumpels an, und sie entfernten sich ein Stück weit, um sich zu beraten. Der Nachmittag würde noch spaßiger werden, als sie gedacht hatten.

Moritz zog sein Handy aus der Hosentasche. Jetzt schnell reagieren und die Polizei rufen. Diese Halbstarken waren komplett zugedröhnt, das könnte sonst ins Auge gehen. „Lauft nach Hause, schnell!“, raunte er Lukas und Max zu.

Doch Lukas spürte offenbar die Gefahr, in der sich Moritz befand, und er klammerte sich verzweifelt an ihn. Nervös rief Moritz die 110. Erst jetzt bemerkte er, dass die Jugendlichen langsam näher kamen. Und Lukas war noch immer bei ihm!

Endlich ging jemand ran. „Moritz Wagner… Situation auf dem Spielplatz eskaliert… schicken Sie einen Wagen!“

Was zum Teufel stellten die von der Zentrale so viele unnütze Fragen? Hektisch beantwortete er sie, während seine Sorge um Lukas und Max ins Unermessliche wuchs. Er hörte das Splittern von Glas. Sah jetzt erst den Anführer der Gang mit einer Bierflasche direkt auf sich zukommen. Der zersplitterte Flaschenhals glänzte in der Sonne. Die Jugendlichen jaulten auf vor Vergnügen. Langsam bildeten sie einen Kreis um sie.

„Verdammt, schicken Sie endlich einen Streifenwagen! Und besser einen Krankenwagen gleich mit!“, schrie Moritz ins Handy. Verzweifelt schob er Lukas von sich. Da er nicht reagierte, wandte er sich an Max, der ängstlich neben Lukas stand. Auf ihn würde sein Sohn hören. „Los jetzt, lauft endlich nach Hause, sagt Eileen Bescheid. Holt Hilfe! Beeilt euch!“

Der Angriff kam so schnell, dass Moritz nicht mehr ausweichen konnte. Die zerschlagene Glasflasche traf ihm am Hals.

Er brüllte vor Schmerzen, sah Blut auf Lukas' Jacke spritzen. In seinem Mund war der Geschmack von Eisen. Sein Herz raste, in seinen Ohren rauschte es. Er sah noch, dass Max Lukas am Ärmel wegzerrte, raus aus der Gefahrenzone. Verzweifelt versuchte er, die Angriffe abzuwehren. Vergebens. Ein Tritt in die Magenkuhle, er krümmte sich. Wurde umgestoßen. Als sein Kopf auf den Rand der Sandkiste aufschlug, schien er zu zerspringen. Seine Sinne schwanden. Ihm war plötzlich eiskalt. Lukas – er war in Sicherheit, und das allein zählte! Es war das Letzte, woran Moritz denken konnte.

Lebewohl

Das Geschrei der Kinder und die Sirenen hatten auch ihre Nachbarn aufgeschreckt. „Eileen, was ist passiert?! Können wir helfen?“

„Jürgen!“ Panisch stürzte sie auf ihn zu. „Moritz… Es ist etwas Schlimmes passiert! Die Kids sagen, er wurde angegriffen!“

Camille kam gerade auf den Hof gefahren. „Eileen, was ist geschehen? Ist etwas mit den Kindern?“ In ihrer patenten Art stellte sie sofort fest, dass die Kids tatsächlich keine Verletzungen hatten. „Schnell, schau nach Moritz, ich pass hier auf!“

Als Eileen am Spielplatz ankam, sah sie schon von Weitem das blinkende Blaulicht.

Die Sanitäter hoben Moritz auf eine Bahre und trugen ihn zum Krankenwagen. Alles Blut war aus seinem Gesicht gewichen, er regte sich nicht. Sie sah Blut an der Sandkiste. ‚Moritz’ Blut‘, dachte Eileen geschockt. Voller Angst um ihn stürzte sie zur Bahre, ergriff seine Hand. Sie fühlte sich warm an, wie immer. Nur ihre eigene war eiskalt. Die Sanitäter wollten sie schon zur Seite schieben.

„Das ist mein Mann“, kreischte sie.

„Dann können Sie mitkommen, wir müssen uns beeilen. Er muss notoperiert werden.“

Vollkommen benommen stieg Eileen hinzu. Seine Hand ließ sie nicht mehr los. Unentwegt starrte sie Moritz an. Ihre Lippen bewegten sich wie zu einem stillen Gebet.

Sie hatte Stunden im Krankenhaus verbracht. Camille kümmerte sich währenddessen um Lukas, und Annalena und Amanda wechselten sich ab, um Eileen in dieser Situation nicht allein zu lassen. Moritz' Leben hing an einem seidenen Faden. Er war beherzt dazwischengegangen, als die Halbstarken Lukas und Max bedrängten. Die beiden Jungs hatten alles erzählt. Zuerst hatten sie mit anderen Kindern auf dem Spielplatz Sandburgen gebaut. Die Jugendlichen waren laut gewesen, als sie dazukamen. Hatten sich zu ihnen gesetzt und Bier getrunken. Dann hatte sich einer von ihnen Lukas rausgepickt. Er sollte eins von diesen Bonbons essen, doch er hatte sich geweigert. Die Jugendlichen hatten sich kaputtgelacht und die Kids hatten riesige Angst bekommen. Moritz war genau zum richtigen Zeitpunkt gekommen, zumindest für Lukas und Max. Sofort war er eingeschritten, hatte die Polizei angerufen und die Kids aufgefordert, nach Hause zu laufen. Doch Lukas wollte bei seinem Papa bleiben. Einer der Jugendlichen hatte seine Unaufmerksamkeit genutzt und war mit einer Glasflasche auf ihn losgegangen. Da hatte Max Lukas hinter sich hergezerrt, weg von diesen Jugendlichen. Schreiend und voller Panik sind sie nach Hause gelaufen.

Beim Gedanken daran liefen Eileen eiskalte Schauer über den Rücken. Sie kam fast um vor Sorge um Moritz. Auch wenn sie furchtbar wütend auf ihn war, waren sie doch immerhin zehn Jahre verheiratet, mit allen Höhen und Tiefen. Sie wünschte dem Vater ihres Sohnes doch, dass auch er gesund wurde. Und nun war das passiert.

Die Not-OP war seine einzige Überlebenschance. Die Glasflasche hatte seine Halsschlagader zum Glück verfehlt, aber er hatte viel Blut verloren und die Kopfverletzung war schwerwiegend.

An Eileen zogen Bilder ihrer Beziehung vorbei. Ihre Wurzellosigkeit hatte sie anfangs miteinander verbunden, und sie hatten sich viel zu früh in eine Ehe gestürzt. Doch diese Gemeinsamkeit hatte ihre Verbindung auf lange Sicht nicht stärken können. Eileen kamen ihre eigenen Fehler in den Sinn. Er hatte es bestimmt auch nicht leicht mit ihr gehabt. Auch wenn er sich viele Ausrutscher geleistet hatte, die sie ihm niemals wirklich verzeihen konnte. Die Erinnerung an eine kurze glückliche Anfangszeit und dann ein Aufflammen ihrer Liebe, als Lukas geboren wurde, zeichneten ihr ein kurzes Lächeln ins Gesicht, das sofort wieder erstarb. Denn mit dem Kind war sie anfangs überfordert gewesen, und seitdem war es mit ihnen richtig bergab gegangen. Der vergangene Sommer nach dem schweren Unfall hatte nur kurz übertünchen können, dass ihr gemeinsamer Weg längst beendet war. Doch nie im Leben wäre sie auf den Gedanken gekommen, dass es ihn nicht mehr geben könnte. Sie zwang sich, ruhig zu bleiben. Die Ärzte gaben ihr Bestes, und sie musste einfach daran glauben, dass es gut ausgehen würde.

Annalena drückte ihre Hand zum Trost. Ohne die Freundin wäre sie noch viel hoffnungsloser, ihre Anwesenheit gab ihr Kraft.

„Er muss es einfach schaffen." In ihrem Blick lag genau die Zuversicht, die Eileen jetzt brauchte. Sie nickte ihr dankbar zu.

Erst nach einer weiteren Stunde kam ein Arzt auf sie zu. Verzweifelt suchte Eileen nach einem Funken Hoffnung in seinem Gesicht.

„Frau Wagner?“ Er stand vor ihr. Ein junger Arzt, dem die Erschöpfung ins Gesicht geschrieben stand. Eileen sprang sofort vom Stuhl auf und kam fast ins Stolpern, so wackelig war sie auf den Beinen. „Ja.“ Ihre Stimme war schrill vor Nervosität.

Ihr Herz setzte einen Schlag aus, und ihr wurde eiskalt. Es fühlte sich an, als warte sie auf den vernichtenden Stoß.

Eileen war innerlich wie betäubt. Die Worte des Arztes bahnten sich zu ihr durch, als wären ihre Ohren mit dicken Wattebäuschen verstopft. Sie konnte es nicht glauben, es fühlte sich so unwirklich an. Moritz war tot. Jeder Zwist zwischen ihnen war vergessen. Was hätte sie darum gegeben, wenn sie noch einmal mit ihm hätte reden können! Und sie hatte ihn noch in sein Verderben geschickt! ‚Gott sei Dank nicht Lukas!‘, schoss es ihr durch den Kopf. Und sofort schalt sie sich für den Gedanken. Wie konnte sie nur? Sie kam sich ganz schäbig vor. Und ihr wurde bange vor Angst. Moritz war für ihren Sohn und seinen Freund in die Bresche gesprungen. Wie sollte sie Lukas beibringen, dass sein Papa nicht mehr lebte? Es drehte sich alles um sie, dann wurde ihr schwarz vor Augen.

Einen Tag später wurde sie aus dem Krankenhaus entlassen. Sie fühlte sich wie in Trance, alles hatte irgendwie an Bedeutung verloren. Wie um Himmels willen sollte sie in ihrer Verfassung eine Beerdigung organisieren? Ihr graute davor. Am liebsten wäre sie einfach im Bett liegen geblieben, doch sie musste irgendwie funktionieren. Noch waren sie verheiratet. Es blieb an ihr, ihn würdig zu verabschieden.

Annalena brachte Neuigkeiten: „Sie haben diese Jugendlichen gefasst. Die belasten sich gegenseitig.“

Doch Eileen nickte nur benommen. „Das macht Moritz auch nicht wieder lebendig."

Mitfühlend drückte Annalena ihre Hand. „Da hast du recht. Das Ganze muss unerträglich für dich sein."

Ein versteinerter Blick aus Eileens blassem Gesicht war Antwort genug. Sie sah ganz hohlwangig aus. „Danke, dass ihr da seid!", wandte sie sich an ihre Helfer. „Ohne euch würde ich das jetzt nicht packen."

„Das ist doch selbstverständlich, Liebes!", meinte Camille lächelnd. Sie und Annalena wechselten sich mit Lukas' Betreuung ab. Ihr Sohn war sehr mitgenommen und ein wenig Ablenkung tat ihm gut. Beide halfen ihr mit den ganzen Formalitäten rund um die Beerdigung.

„Dafür sind wir schließlich da." Simon lächelte und nahm sie liebevoll in den Arm. Er und Amanda schmissen gemeinsam Eileens Haushalt. Sie waren sofort eingesprungen, als sie merkten, wie schlecht es ihr ging. Eileen lächelte schwach, sie war ihnen für diese Unterstützung unendlich dankbar.

Eileen quälte sich aus dem Bett. Sie hatte keine Ahnung, wie sie den Tag durchstehen sollte. Mit klopfendem Herzen öffnete sie ihren Kleiderschrank und zog das schwarze Kostüm über, das sie für diesen Anlass bereitgelegt hatte. Es schlackerte an ihr. Eileen legte nur ein wenig Puder auf, ansonsten blieb sie ungeschminkt. Sie war unschlüssig gewesen, ob Lukas zur Beerdigung seines Vaters mitkommen sollte, doch er hatte ihr die Entscheidung abgenommen. „Ich will Papa wenigstens noch Tschüss sagen!"

Er hatte recht – und er war so tapfer. Sie würden es gemeinsam durchstehen.

Simon war am frühen Morgen gefahren. Beiden wäre es unpassend vorgekommen, wenn er zur Beerdigung mitgegangen wäre. Er respektierte ihre Trauer, und dass sie sich allein von ihm verabschieden musste. „Ich weiß, dass es Menschen gibt, die dich jetzt unterstützen, und ich bin sehr froh darum. Wenn du mich nachher brauchst, ruf mich sofort an."

Der Ostwind brachte kalte Temperaturen mit sich. Die Trauergäste zitterten um die Wette, als sie gemeinsam zum Grab gingen, in das der Sarg bereits eingelassen wurde. Eileen dachte an die Trauerrede, die ihr zu salbungsvoll gewesen war. Obwohl sie mit ihren eigenen Gedanken beschäftigt war, hatte sich bei diesen Worten alles in ihr verkrampft. Das hatten sie nicht im Trauergespräch besprochen, und es wurde Moritz auch nicht gerecht. Eileen war traurig darüber. In der Rede war es nur um seinen Heldenmut gegangen, und was für ein toller Vater und Ehemann er war. Warum ging es nicht ein bisschen differenzierter? Eileen hätte am liebsten etwas dazu gesagt, doch sie wollte ihre Kraft besser aufsparen für das, was jetzt kam. Sie stand mit Lukas am Grab, und beide warfen eine Rose hinein. Erst jetzt realisierte Eileen, welche Menschenmenge zu Moritz' Beerdigung gekommen war. Die Zeitungen hatten auch überregional über das schlimme Verbrechen mit dem tragischen Ausgang rauf und runter berichtet. Das brachte auch weniger nahe und schon lange aus den Augen verlorene Menschen dazu, an seiner Beerdigung teilzunehmen. Alte Schulfreunde und Wegbegleiter, ehemalige Kollegen und Nachbarn. Und selbst einige entfernte Cousins hatten sich wider Erwarten nach dem Presserummel doch noch aufgemacht. Eine gefühlte Ewigkeit dauerte es, bis die Trauergäste an ihr vorbeigezogen waren und ihr Beileid ausgesprochen hatten. Sie wusste nicht, wie lange sie das noch aushalten würde. Camille stützte sie, als sie anfing zu schwanken.

Endlich war es überstanden. Den engeren Kreis lotsten Camille und Annalena zur anschließenden Zusammenkunft im gebuchten Café in der Nähe. Sie hatten Lukas mitgenommen, damit er in Gesellschaft von Max und Nele ein wenig auf andere Gedanken kam. Als Eileen aufsah, entdeckte sie eine vollkommen in Tränen aufgelöste Caro, die bei ihrer Mutter stand. Sie hätte einfach ins Café zu den anderen Gästen fahren können, denn es gab wenige Gründe für weitere Gespräche. Doch Caro zögerte. Und Eileen sprang über ihren Schatten. Hier ging es nicht um sie, sondern um Moritz. Daher winkte sie ihr zu, und Caro reagierte sofort.

„Möchtest du dich auch noch in Stille von ihm verabschieden?“ Sie konnte es nur zu gut verstehen.

Ein zögerndes Nicken. „Danke!“ Ihr Schniefen konnte sie nicht unterdrücken und Eileen reichte ihr ein Taschentuch. Ihre eigenen Tränen waren längst geweint. Und während sich die Menschenmenge bei dem eisigen Wind schnell auflöste, standen die beiden Frauen, die Moritz einst über alles geliebt hatten, gemeinsam an seinem Grab. Und beide trauerten in Eintracht um ihn. Das Leben ging manchmal sonderbare Wege.

Noch lange standen sie nebeneinander an seinem Grab, auch als der angekündigte Nieselregen einsetzte. Eileen war froh, dass die Friedhofsmitarbeiter genügend Taktgefühl hatten, damit sie sich ganz in Ruhe verabschieden konnten.

Eileen spürte Caros Hand, die nach ihrer griff. „Sagst du das letzte Wort?“

Sie nickte, sammelte sich. Nahm die Szene in sich auf. „Leb wohl, Moritz! Du wirst immer einen besonderen Platz in unseren Herzen haben. Auch wenn für keine von uns ein gemeinsames Leben mit dir auf Dauer möglich war. Du hast dich, ohne zu zögern, vor Lukas gestellt und ihn beschützt, als er in Not war. Das werde ich dir niemals vergessen! Und ich danke dir für die gemeinsame Zeit, die wir verbracht haben."

Ihr kamen nun doch die Tränen, und Caro drückte ihre Hand. „Wollen wir gehen?", sagte sie schließlich.

Und so verließen sie Arm in Arm den Friedhof. Was waren sie einander? Eileen hätte es nicht sagen können. Rivalin passte schon lange nicht mehr und zur Freundschaft würde es niemals reichen. Vielleicht waren sie Mitfühlende im Leben der anderen geworden, das sie schon bald in unterschiedliche Richtungen zerstreuen würde.

Ein neues Normal

Familienstand verwitwet. Eileen musste bei diesem Gedanken erst einmal schlucken, als sie die Formalitäten mit den Versicherungen klärte. In einem Monat wäre ihr Trennungsjahr herum und sie geschieden gewesen. Simon und sie hatten länger darüber reden müssen, dass Eileen unter diesen Umständen mit dem Zusammenziehen noch warten wollte. Er hatte widerwillig akzeptiert, dass er offiziell seine Wohnung behielt.

Die Tage zogen sich hin wie Gummi. Die Weihnachtszeit war ungewohnt schwermütig gewesen, doch an Heiligabend saßen sie zusammen als neue Familie, und auch den Jahreswechsel verbrachten sie gemeinsam. Camille hatte ihre Umzugspläne verschoben, denn sie wollte erst einmal abwarten, bis es Lukas und Eileen besser ging. Als Simon wieder arbeiten musste, sah Eileen ihrer Tante zu, wie sie Zeitungsannoncen markierte.

„Hast du etwas Passendes gefunden?", fragte sie interessiert.

„Ja, es ist sogar eine Wohnung ganz in der Nähe. Dann kann ich trotzdem einspringen, wenn du mich wegen Lukas brauchst, und du hast zum Lernen bald deine Ruhe. Also drück mir die Daumen, dass es klappt!"

Unausgesprochen blieb, dass Eileen und Simon in den letzten Wochen immer mehr zusammengewachsen waren. Wenn sie auszog, würde Simon das Thema Zusammenziehen sicher wieder zur Sprache bringen. War sie dafür schon bereit?

Sie spürte die Gedanken ihrer Tante und nickte nachdenklich. Ein Händedruck, der sich vergewissern wollte. „Ich hoffe, er kann akzeptieren, dass ich mit einem solchen Schritt noch warten will.“

Lag es an den ersten Krokussen, die sie im Garten gesehen hatten, oder an den wärmenden Sonnenstrahlen? Eileen wusste es nicht, aber das frühlingshafte Wetter hob auch ihre Stimmung.

In der nächsten Woche stand Camilles Umzug an. Sie hatte die Wohnung im Nachbarort bekommen, die nur wenige Autominuten entfernt von ihnen lag. Eileen und Simon halfen ihr beim Renovieren, und auch Lukas packte tatkräftig mit an. Nun würde für sie alle ein neuer Lebensabschnitt beginnen. Simon war für ihren Sohn schon längst Familienmitglied und brachte Stabilität und Spaß in ihre Gemeinschaft, auch wenn Lukas seinen Vater sehr vermisste. Eileen war froh, dass sich seine Freunde so rührend um ihn kümmerten. In der Schule hatte er nicht den Anschluss verloren, auch weil die Lehrer mit viel Verständnis auf seine Situation reagierten. Lukas hatte einige Termine mit einer Therapeutin gehabt, um das zu verarbeiten, was sich direkt vor seinen Augen abgespielt hatte. Mittlerweile konnte er wieder lachen wie früher. Es ging langsam aufwärts mit ihnen.

„Bald ist es geschafft!“, lachte Camille. Während Simon noch einige Lampen und Bilder anbrachte und Lukas dabei zuschaute und ihm zureichte, räumten die Frauen auf und wischten die Wohnung durch.

„Schön hast du es jetzt hier. Ich hoffe, du kannst die erste Nacht gut schlafen.“ Eileen sah sich anerkennend um. „Bist du aufgeregt?“

„Das kommt vielleicht später. Wie sieht es aus, wollen wir zum Italiener? Ich habe einen Bärenhunger!"

„Und ich erst, Tante Camille, heute schaffe ich bestimmt eine große Pizza." Er hatte die Lacher auf seiner Seite.

Der Abend war kurzweilig, sie kamen aus dem Lachen gar nicht mehr heraus. Als sie aufbrachen, hätte Eileen schwören können, dass sie so glücklich war wie schon lange nicht mehr. Das hielt so lange an, bis sie Camille in ihrer neuen Wohnung abgesetzt hatten. „Tschüss, und gute Nacht!", winkten sie ihr nach.

„Dann kann ich ja jetzt meine Wohnung kündigen", flachste Simon auf der kurzen Strecke nach Hause.

Eileen hätte sich fast an ihrer eigenen Spucke verschluckt, denn ihr war klar, dass er es damit ernst meinte. Musste er so mit der Tür ins Haus fallen? Sie hatten doch alle Zeit der Welt. Es klang gepresster, als ihr lieb war, als sie erwiderte: „Das ist jetzt etwas überstürzt, findest du nicht? Ich möchte erst meine Prüfung hinter mich bringen."

Die Stimmung war damit gekippt, das spürte sie genau. „Geht es dir wirklich um die Prüfung, oder hältst du mich lieber weiter schön auf Abstand? Falls ich nicht doch wieder rückfällig werde?" Er klang enttäuscht.

Sein Wagen hielt vor ihrem Haus. Eigentlich hätten sie sich einen schönen gemeinsamen Abend machen können. Doch darauf hatte sie jetzt keine Lust mehr. Sie war erschöpft von der ganzen Arbeit beim Umzug, und sein Gedränge mit dem Zusammenziehen nervte sie.

„Was soll das, Simon? Meine Tante ist gerade erst ausgezogen, ich bin total im Prüfungsstress und Lukas hat sich wieder gefangen. Zieh jetzt bloß keine Gründe an den Haaren herbei und gib mir einfach noch Zeit!"

Doch das war für Lukas zu viel. „Hört auf zu streiten! So hat es mit dir und Papa auch angefangen!“

Eileen war ganz erschrocken, als er sich allein aus dem Kindersitz herausbugsierte, aus dem Auto sprang und zum Haus lief. Verdammt, war die Kindersicherung etwa nicht aktiviert? Sie würde jedenfalls nie wieder vor Lukas mit ihrem Partner streiten, das nahm sie sich fest vor. Sie öffnete die Autotür und blickte Simon ernst an. „Ich wäre jetzt lieber für mich.“ Sie eilte ihrem Sohn hinterher und hörte Simon mit quietschenden Reifen abfahren. Warum konnte er es nicht einfach so belassen, wie es war?

Als sie zwei Stunden später noch immer nichts von ihm gehört hatte, machte sie sich Sorgen. War jetzt etwa Funkstille? Würde so ein kleiner Streit dazu führen, dass er wieder rückfällig wurde? Sie wollte ihm gerade schreiben, als er ihr mit seiner Nachricht zuvorkam. „Es tut mir leid, dass ich dich unter Druck gesetzt habe, Eileen. Und ich will nicht, dass du oder Lukas euch Sorgen macht. Ich habe noch einmal nachgedacht. Wir haben Zeit für alles. Viel Erfolg morgen beim Lernen. Sag Bescheid, wenn ich kommen kann. Simon“

„Du dummer Kerl, ich liebe dich!“ Sie hatte abgeschickt, ohne vorher drüber nachzudenken.

„Ich dich auch. Und ich bin sauber geblieben. Schlaf gut!“

Prüfungstag. Eileen hoffte, dass der ganze gelernte Stoff auch haften geblieben war. Sie war noch vor ihrem Wecker aufgewacht und war total hibbelig. Kein Wunder bei der Durchfallquote – die amtsärztliche Prüfung war wirklich eine Hürde. Doch das musste sie jetzt verdrängen. In Ruhe ging sie alles noch mal durch. Daumen drücken und Umarmungen von Lukas, Simon und Camille und die aufmunternden Nachrichten ihrer Freundinnen gaben ihr Kraft. Sie machte sich auf den Weg.

Eileen atmete tief durch, als sie aufgerufen wurde. Es war kurz vor Mittag – und das konnte besonders gut oder besonders schlecht ausgehen, denn die Prüfer wollten auch zu Tisch. Zwei ihrer Studienkolleginnen waren bereits durchgefallen. Der Knoten in ihrem Magen wurde immer enger.

Die Prüfer vor ihr sahen irgendwie mürrisch aus, sie schienen nicht von der Sorte Brückenbauer zu sein. Nur ruhig bleiben, ermahnte sie sich, du kannst das! Eileen sah sie mit offenem Blick an und wappnete sich für die erste Frage.

Nach einer kurzen Begrüßung ging es gleich zur Sache. „Frau Wagner, was können Sie uns über psychotrope Substanzen erzählen?"

Das war ihre Frage! Schon legte sie los und redete wie ein Wasserfall. Denn wenn sie ein Thema wirklich beherrschte, dann war es dieses. Simon hatte sie stundenlang dazu abgefragt. Denn sie hatten auch theoretisch verstehen wollen, wie es zu seiner Abhängigkeit kommen konnte. Mit einer Begeisterung, die mitriss, erläuterte sie alles zu dem Thema, von Ursachen einer Sucht zu deren Auswirkungen bis zu Therapiechancen. Vor allem bei Letzterem musste man ihre Ausführungen sogar bremsen. Zustimmendes Nicken der Prüfer. Offenbar waren sie angetan von ihrem Fachwissen, dass sich die Atmosphäre ein wenig entspannte. Sie sah bei einem der Prüfer fast ein Lächeln. Eileen sandte ein Stoßgebet zum Himmel, als die nächste Frage zur Gesprächspsychotherapie nicht lange auf sich warten ließ. Und auch diese meisterte sie mit Bravour. Die Fragen zu Recht und Gesetzeskunde schienen reine Formsache zu sein. Und während die Prüfer sich kurz berieten, bevor sie das Ergebnis verkündeten, wusste sie tief im Inneren, dass sie es geschafft hatte.

Vor der Tür wurde sie von ihren Studienkolleginnen und -kollegen empfangen, die begeistert jubelten, dass Eileen als erster Prüfling des Tages bestanden hatte. Es war sicher ein gutes Omen für die weiteren Prüfungen.

„Freuen Sie sich nicht zu früh, meine Herrschaften. Frau Wagner war außergewöhnlich gut vorbereitet!" Anerkennend nickten die Prüfer ihr zu und gingen zum Mittagessen.

„Die knackt ihr auch, sie tun nur so bärbeißig", tröstete Eileen ihre erschrockenen Kommilitonen. „Kommt, lasst uns essen gehen!"

Und sie sollte recht behalten. Am Abend gingen sie zusammen aus, um die bestandene Prüfung gebührend zu feiern.

Eileen hatte sich über die vielen Nachrichten gefreut, die sie beglückwünschten. Als sie Stunden später glücklich, aber hundemüde heimkam, wartete eine Überraschung auf sie: Über der Wohnzimmertür hing ein pinkfarbenes Banner mit der Aufschrift ‚Prüfung bestanden'. Lukas und Simon warteten im Wohnzimmer, das sie mit einer riesengroßen kunterbunten Ballongirlande geschmückt hatten. Eileen musste vor Rührung eine Träne wegdrücken.

„Du bist die Beste, Mama!", jubelte Lukas und stürmte auf sie zu. Sie drückte ihn an sich.

Simon nahm sie in die Arme. „Glückwunsch, mein Schatz! Du hast es geschafft! Wir sind so stolz auf dich!" Er öffnete eine Flasche, die er auf dem Tisch bereitgestellt hatte. „Den Dom Pérignon hat Camille gestiftet. Ich soll dich herzlich grüßen!" Sie stießen mit Champagner und Saftschorle an. Und nachdem Eileen Lukas ins Bett gebracht hatte, genossen sie ihre Zweisamkeit.

Er blieb über Nacht. Und während er von der gemeinsamen Zeit redete, die sie nun vor sich hatten, dachte sie schon an die nächsten Kurse, die sie noch belegen wollte. Irgendwie hatten sich ihre Prioritäten mächtig verschoben, dachte sie noch, bevor sie einschlief.

Die Tage nach der Prüfung war Eileen vollkommen ausgepowert. Sie war mit Simon im Café verabredet und wollte anschließend mit ihm einkaufen gehen, sich etwas Schönes gönnen nach all den Strapazen.

Er hatte schon einen Platz gewählt und winkte ihr zu. „Hi." Er gab ihr einen Kuss.

„Hi, Schatz. Endlich ein freier Nachmittag, wie habe ich das vermisst! Ich werde die halben Läden aufkaufen."

„Dann bin ich aber raus mit dem Tragen", lachte er und bestellte zwei Cappuccino.

Am Nachbartisch hatte eine junge Mutter mit Kinderwagen Platz genommen. Als ihr Baby anfing zu quengeln, nahm sie es hoch. Dabei fiel der Schnuller herunter. Simon hob ihn auf und reichte ihn der erleichterten Mutter, die sich freundlich bedankte.

„Das ist doch wirklich ein süßes Baby! Wäre das nicht auch was für uns?", schwärmte er.

Simons plötzliche Begeisterung machte Eileen ratlos. Irritiert sah sie ihn an und beschloss, gar nicht weiter darauf einzugehen. „Wollen wir los?"

Eileen genoss es, die neuen Modetrends in ihrer Lieblingsboutique durchzuprobieren, während Simon geduldig vor der Umkleidekabine wartete und ihr immer neue Sachen reichte. Sie zog ein Dutzend Kleider, Jeans und Shirts an, bevor sie sich entschied. Mit einer Skinny Jeans und einem schmalen hellblauen Neckholder-Kleid ging sie schließlich zur Kasse.

„Du siehst in beidem umwerfend aus“, nickte er anerkennend. Hand in Hand schlenderten sie die Einkaufspassage entlang. Was für ein schöner und entspannter Tag!

Als ihnen die nächste Frau mit Kinderwagen entgegenkam, brachte er das Gespräch erneut darauf. „Wäre es nicht toll, wenn wir ein gemeinsames Kind hätten? Komisch, dass wir darüber noch gar nicht gesprochen haben!“ Er strahlte sie an.

„Was ist denn plötzlich mit dir los?“, lachte sie auf. „Ich glaube, wir haben doch gerade ganz andere Themen als Babybrei und Windeln wechseln.“

Betretenes Schweigen. Offenbar hatte er es in den falschen Hals bekommen. Sein Lächeln schien plötzlich wie eingefroren.

„Nach einem zweiten Kind passe ich in diese Jeans garantiert nie wieder rein“, versuchte sie, die Situation auf die witzige Tour zu retten.

„Als wenn es darauf ankäme!“ Ärgerlich sah er sie an, als hätte sie nichts verstanden.

„Natürlich nicht. Aber das Letzte, woran ich momentan denke, ist ein zweites Kind. Irgendwann will ich auch mal in meinem Beruf arbeiten. Außerdem habe ich gestern noch weitere Anschlusskurse gebucht.“

„So, hast du?!“ Mehr brauchte er nicht zu sagen, damit sie wusste, was er von ihren neuen Plänen hielt. Sie funkelten sich an.

„Na, dann sieht es wohl ganz so aus, als hätten wir vollkommen unterschiedliche Vorstellungen von unserer Zukunft.“

„Ach Simon, komm schon, das ist doch nichts, was wir hier auf der Straße klären müssen!“ Sie versuchte, sich bei ihm unterzuhaken, doch vergebens.

„Du wirst deine Meinung hierzu ja kaum ändern, wenn wir zu Hause sind. Lass gut sein, ich brauche erst mal Zeit zum Nachdenken.“ Mit diesen Worten machte er auf dem Absatz kehrt und ließ sie ohne ein weiteres Wort stehen.

„Hey Simon, was soll das?!“ Fassungslos sah sie ihm nach. Warum hatten sie plötzlich solche Differenzen?

Die nächsten Tage wartete sie ungeduldig auf eine Nachricht von ihm, doch es kam nichts. Sie wurde erst wütend und dann einfach nur besorgt. Irgendjemand musste jetzt den ersten Schritt machen, und dabei schaute man sich besser in die Augen. Zeit zum Nachdenken hatten sie jetzt schließlich gehabt. Am dritten Tag fasste sie sich ein Herz und fuhr zu seiner Wohnung. Sie war nicht oft dort gewesen. Der Wohnblock lag an einer viel befahrenen Straße und sie merkte, dass sie der Berufsverkehr schon jetzt nervte. War er überhaupt zu Hause? Und würde er ihr aufmachen? Sie klingelte, doch es tat sich nichts. War die Klingel kaputt oder hatte er sie abgestellt? Wie gut, dass er Parterre wohnte. Sie beschloss, einen Blick durch die Terrassentür zu werfen, denn sie wollte nicht einfach unverrichteter Dinge wieder gehen. Vielleicht hatte sie ja Glück.

Als sie jedoch durch die Glastür sah, fuhr ihr ein Schreck durch die Glieder. Er saß mit dem Rücken zu ihr über den Couchtisch gebeugt. Bereitete er sich etwa am helllichten Tag eine Line vor? Ohne darüber nachzudenken, klopfte sie lautstark an die Terrassentür. „Tu es nicht, Simon, bitte, lass uns über alles reden!“

Simon dreht sich um, vollkommen überrascht von ihrem Überfall. Dann öffnete er die Terrassentür, und sie fiel ihm in die Arme.

„Simon!" Sie drückte sich an ihn, wollte ihn gar nicht mehr loslassen. Sah jetzt erst, dass gar nichts auf dem Tisch lag, was ihre Besorgnis rechtfertigte. Sie hatte sich geirrt. „Es tut mir leid!"

Er strich ihr sanft über den Rücken. „Sag nicht, was du gedacht hast", murmelte er kopfschüttelnd. „Ich habe dir doch versprochen, dass ich davon los bin."

Sie zitterte, und er hielt sie ganz fest.

„Warum hast du dich nicht gemeldet?"

„Ich brauchte Zeit zum Nachdenken."

„Über uns?"

Er nickte, schob sie ein wenig von sich. „Setz dich."

Zögernd setzte sie sich auf den Rand des Sofas. Wollte sie überhaupt hören, was jetzt kam?

„Hör zu, ich habe einen Fehler gemacht. Aber wenn wir es zusammen schaffen wollen, darfst du mich nicht länger auf Abstand halten."

Sie nickte. Wortlos. Er hatte recht.

„Es wird nicht mehr passieren. Zugegeben, es ist nicht immer leicht, aber ich schaffe es jetzt schon eine ganze Weile." Er stockte kurz, dann redete er weiter. „Und jetzt schau mich bitte an."

Ihre Blicke trafen sich. Lange sahen sie einander an.

„Du willst wirklich keine weiteren Kinder?"

Sie schüttelte den Kopf. „Nein. Ich habe Lukas. Und als er geboren wurde, ging es damals mit meiner Beziehung zu Moritz bergab. Das will ich nie wieder erleben."

„Das verstehe ich. Auch wenn es schwer für mich wird. Und du willst endlich in deinem Beruf arbeiten?“

Es klang nicht so, als zweifelte er ihren Wunsch an. „Natürlich. Das ist meine Aufgabe, dafür brenne ich.“

„Auch das kann ich verstehen. Ich liebe meinen Beruf ebenfalls. Und ich liebe dich und Lukas. Manchmal kann man wohl nicht alles haben, was man sich wünscht. Aber das Wesentliche muss dabei sein.“

Sie nickte. Das klang plausibel. „Ich liebe dich auch.“

Sie rückten beide etwas näher.

„Kannst du dir zumindest vorstellen, dass wir irgendwann zusammenwohnen? Ich meine so richtig, mit einem gemeinsamen Wohnsitz.“

Jetzt lächelte sie. „Ja. Aber vielleicht brauche ich noch ein bisschen Zeit.“

Sie waren sich ganz nah, fast berührten sich ihre Lippen, doch sie sahen sich nur an. „Und die bekommst du auch.“

„Mensch, Simon, warum konnten wir bloß vorher nicht über alles reden? Wir müssen uns doch ehrlich sagen können, was wir wollen, ohne den anderen dabei zu verletzen.“

Er lächelte sein wärmstes Lächeln und zog sie in seine Arme, küsste sie. „Dann lass uns heute damit beginnen. Es ist dafür nicht zu spät. Und wo wir schon dabei sind mit der Ehrlichkeit: Etwas ist mir sehr wichtig.“

Sie sah ihn an.

„Wir brauchen nach dem ganzen Stress mehr Leichtigkeit in unserer Beziehung. Vielleicht sollten wir uns auch öfter einmal positiv überraschen?“ Es kam so schelmisch grinsend, dass sie ihm einfach nicht mehr widerstehen konnte.

Tanz deines Lebens

Es klingelte. Eileen legte ihre Unterlagen zur Seite und ging zur Tür. „Hallo Camille! Schön, dich zu sehen!"

„Grüß dich, Eileen. Ich dachte, ich schau mal spontan vorbei. Hier, das hat mir der Postbote gerade für dich mitgegeben." Sie hielt ihr einen Brief entgegen.

„Na, hoffentlich kein Bußgeldbescheid. Aber danach sieht der Umschlag nicht aus. Komm doch rein."

Ungeduldig riss sie ihn auf. Und staunte nicht schlecht über diese besondere Einladung. „Ein Tanzkurs."

„Was, ein Tanzkurs?" Ihre Tante hob erstaunt die Augenbraue. „Von wem? Wirst du hingehen?"

Eileen konnte sich ein Grinsen nicht verkneifen. Das verstand er also unter positiven Überraschungen. Ihr Herz machte einen Hüpfer. „Genauer gesagt ein Tango-Argentino-Kurs. Es steht kein Name drauf. Man wird sehen."

Camille verstand. Und schüttelte lachend den Kopf. „Ihr habt schon merkwürdige Vereinbarungen."

Eileen zwinkerte ihrer Tante zu. „Das stimmt. Aber so bleibt es wenigstens spannend."

Einige Tage später war es so weit. Ihr Herz schlug ihr bis zum Hals, so wie damals als Teenie, als sie den großen Tanzsaal betrat. Mit Schrecken fiel ihr ein, dass ihre letzte Tanzstunde tatsächlich fast zwanzig Jahre zurücklag. Es war aufregend, so zu tun, als träfen sie sich ganz unverhofft. Sie sah ihn in einem Pulk von Leuten lässig stehen und ging lächelnd auf ihn zu.

„Eileen, du auch hier? Gut siehst du aus!"

Allein seine Stimme ließ ihre Gefühle Achterbahn fahren. „Danke!" Sie lachte ihn an. „Das kann ich zurückgeben!" Eileen sah sich um und grüßte in der Runde. Sie zählte gedanklich durch. Es waren neun weitere Tanzpaare, die wie sie den Tango Argentino lernen wollten. Einige schienen auch privat verbandelt zu sein, wie Eileen mit einem Blick erfasste. Andere kannten sich offenbar noch nicht und schauten verstohlen zu ihrem Tanzpartner hinüber.

Sie hatten kaum Zeit, um ein paar Worte mit dem Paar zu wechseln, das neben ihnen stand und in ihrem Alter war, denn schon ging es los. Das Tanzlehrerpaar trat in die Mitte der Tanzfläche. „Liebe Tango-Argentino-Freunde und solche, die es werden wollen. Ich bin Luis Stazo und das ist meine Partnerin Silvana. Wir begrüßen Sie zu Ihrer ersten Stunde Tango Argentino in unserem Hause! Sie werden nicht genug davon bekommen, das verspreche ich Ihnen, denn der Tanz ist Leidenschaft pur. Lassen Sie Ihren Alltag zu Hause und konzentrieren Sie sich ganz auf die Musik, auf Ihren Partner – und auf die Tanzschritte, die Ihnen schon bald in Fleisch und Blut übergehen werden."

Während La Cumparsita aus den Lautsprechern erklang, bat Luis sie darum, einen Kreis um sie zu bilden. Geduldig erklärte er die Tanzhaltung und die erste Schrittfolge, die aus Rück-Seit-Vor-Vor-Kurz-Vor-Seit-Schluss bestand. „Für die Herren. Die Damenschritte erklärt Silvana."

Und dann tanzten die beiden diese Grundschritte, die bei ihnen allerdings etwas hermachten. Eileen schwirrte der Kopf. Sie war nicht sicher, ob sie die Schritte schon verinnerlicht hatte. Doch jetzt waren sie dran. Einige Paare konnten es nicht abwarten, die Leidenschaft des Tangos zu spüren, andere nahmen zögerlich die Tanzhaltung ein. Man sah nach wenigen Minuten, wer blutiger Anfänger war – und wer nicht.

„Das geht aber schnell voran, Simon! Deine Idee mit dem Kurs ist toll, aber ich weiß nicht, ob das hier wirklich mein Tanz ist", flüsterte sie ihm zu. Sie fühlte sich ein wenig unsicher auf den Beinen. Es war das erste Mal, dass sie seit ihrem Unfall wieder hohe Schuhe trug. Sie war sich nicht sicher, ob das eine gute Idee war.

Als sie sich verstohlen umsah, hatte sie den Eindruck, dass die anderen Paare viel besser mit den Tangoschritten zurechtkamen. Es sah sogar schon ganz ordentlich bei vielen aus, als sie ihre Runde drehten. Und auch Simon hatte seine Schritte prima intus, während sie das Gefühl hatte, nur herumzustolpern. Und dabei hatte sie bis jetzt geglaubt, ein gutes Rhythmusgefühl zu haben. Luis hatte wohl irgendwann Mitleid mit ihr, denn er führte die Schritte mit Silvana noch einmal vor. Eileen war das Ganze etwas peinlich, doch irgendwie brachten sie diese erste Tanzstunde zu Ende.

Danach saßen sie noch mit einigen anderen Paaren an der Bar und Simon bestellte ihnen Wein. „Wie sieht es aus? Du gibst dich doch nicht geschlagen – bei der nächsten Tangostunde bist du wieder mit dabei?", versuchte er, ihren Ehrgeiz zu wecken. Gerade hatte sie ihm mitteilen wollen, dass dieser Sport wohl nichts für sie wäre.

Die anderen Paare redeten ihr gut zu. „Warte mal ein, zwei Stunden ab, dann holst du kräftig auf. Man muss erst mal ein Gefühl für diese Bewegung bekommen."

Aber sie hatten gut reden, es hatte bei ihnen eindeutig besser geklappt. Eileen war noch skeptisch. Dennoch wurde es ein schöner Abend. Sie sprachen übers Tanzen und Reisen und wie sie sich kennengelernt hatten. Pragmatisch dachte sie daran, dass der Kurs nun ohnehin schon bezahlt war, und gab sich schließlich geschlagen: „Okay, dann hoffe ich, dass ihr recht behaltet. Wir sind dabei."

Bis zur zweiten Stunde hatte sich ihre Aufregung nicht wesentlich gelegt, aber Simon zuliebe kam sie mit. Sie lernten heute einen weiteren Schritt kennen, dessen Namen Eileen sofort wieder vergaß. Silvana war leider verhindert, und so sah der Tanzlehrer sich nach einer geeigneten Dame zum Vorführen um. Unglücklicherweise blieben seine Augen bei Eileen hängen und er forderte sie auf, in die Mitte zu kommen. Es war ein Gefühl wie früher im Matheunterricht, als sie sich zu spät weggeduckt hatte. Leider hatte sie nicht nur den Namen der Figur vergessen, sondern auch gleich die Schritte mit. Schnell erkannte der Tanzlehrer, dass er wohl die Falsche aufgefordert hatte, denn Eileen konnte seinen grandiosen Erklärungen nicht folgen. Schon bald brachte er sie höflich lächelnd zu ihrem Platz zurück und wählte eine weitere Dame, die sich erheblich leichter tat.

„Ich bin fürs Tangotanzen wohl vollkommen talentfrei, Simon. Bitte lass uns gehen." Frustriert sah sie ihn an.

Er lächelte sie aufmunternd an. „Bitte, gib dem Tango doch wenigstens dieselbe Chance, die du mir gibst." Er sah sie dabei so charmant und jungenhaft an, dass sie ihm nicht widerstehen konnte. Sie seufzte nur und nickte. Okay, sie war bereit, sich durchzubeißen.

Während die anderen Paare bereits ihre ersten neuen Schritte wagten, nahm er behutsam ihre Hand und legte sie sich auf die Schulter. „Ich könnte dir Privatunterricht geben. Interessiert?"

Da musste sie lachen. „Nur, wenn du mir versprichst, dass wir es mindestens bis zum Fortgeschrittenen-Kurs schaffen."

Er grinste, ging sofort darauf ein. „Wirklich? Du wirst sehen, nur noch einige Tangostunden mehr, und du wirst dich in eine Milonguera verwandeln. Es freut mich, dass dich die Leidenschaft des Tangos gepackt hat."

Am Ende der dritten Stunde war Eileen schon wesentlich lockerer. Und als man zum letzten Tanz El Tango de Roxanne aus den Lautsprechern hörte, tanzten sie bereits so harmonisch miteinander, dass selbst der kritische Luis anerkennend nickte. „Sie brauchten nur den richtigen Tanzpartner. Wirklich ein Naturtalent. Wir bringen hier Paare zusammen!"

Grinsend ließen sie das unkommentiert stehen.

Die Wochen vergingen, und der Tango Argentino war bald ihr Highlight der Woche. Zum Abschlussball hatte sich Eileen ein schwarzes, paillettenbesetztes Kleid mit tiefem Rückenausschnitt und hohem Beinschlitz gegönnt, das jeder ihrer Tanzfiguren standhalten würde. Ihre langen Haare hielt eine Spange zusammen und sie hatte sich sorgfältig geschminkt. Auch Simon machte viel her mit schicker schwarzer Hose und schwarzem Hemd. Sie waren ein schönes Paar, und es hatte Spaß gemacht, sich heute ordentlich herauszuputzen. Gut gelaunt begrüßten sie das Tanzlehrerpaar und die anderen Mittänzer. Es war eine wirklich nette Runde. Mit einigen hatten sie sich bereits angefreundet. Die meisten der Paare wollten weitermachen, und auch Eileen und Simon hatten sich zum nächsten Kurs angemeldet.

Der Abend begann mit den gelernten Basisschritten, doch im Laufe des Abends wurde es immer lockerer. Gerade hatten sie sich etwas an der Bar erfrischt, als La Cumparsita erklang. Es war mittlerweile ‚ihr' Lied geworden.

„Wollen wir es riskieren?", forderte Simon sie heraus. Sie hatten viele Stunden bei ihr daheim geübt und sämtliche Tanzvideos nachgetanzt, derer sie habhaft wurden.

Sie zog ihn an sich, um ihn zu küssen. „Jetzt bin ich bereit!" Sie lachte ihn an, dann wurde sie ernst. Sie wusste, dass sie endlich einige Bedenken über Bord schmeißen musste. Wenn einem das Bauchgefühl laut ‚Ja' zuschrie, konnte man es nicht ewig überhören. Sie war nun bereit. Bereit für eine wirkliche Veränderung in ihrer Beziehung. Sie hatten ohnehin schon viel zu viel Zeit verloren.

Simon führte sie zur Tanzfläche, auf der bereits viele Paare tanzten. Doch nach nur wenigen Schritten leerte sich der Platz, und die anderen Paare bildeten begeistert klatschend einen Kreis um sie, so leidenschaftlich war ihr Tanz.

Und während sie gemeinsam über die Tanzfläche wirbelten, alle Augen auf sie gerichtet, gab sie sich einen Ruck. Schelmisch grinste sie ihm zu: „Bei mir ist übrigens ein Zimmer zur Untermiete frei. Interessiert?"

Seine Augen folgten ihr, während sie im Rhythmus umeinander tanzten. Jede Drehung wie eine Berührung, die prickelte. „Wie sind die Konditionen?"

Provozierend warf sie ihre rote Mähne in den Nacken. „Der Mitbewohner ist kindlich und in Ordnung. Und die Mitbewohnerin... Ich muss dich vorwarnen, sie ist ziemlich anstrengend."

Jetzt lachte er, zog sie mit einer Drehung zu sich. Der letzte Takt erklang. Applaus brandete, doch sie hatten nur Augen füreinander. Er nickte, kaum wahrnehmbar, und sie schloss die Augen in seinen Armen. Hörte ihn flüstern. „In Ordnung. Ich mag Herausforderungen."

Nachwort

Liebe Leserin, lieber Leser,

vielleicht fragst du dich, wie ich auf die Idee zu diesem Buch – dieses Mal aus der Sicht von Eileen und nicht aus der von Caro – gekommen bin? Nach meinen ersten beiden Büchern rund um Caro hatte sich Eileen hervorragend entwickelt, und ich habe mich ein bisschen in sie verliebt. Wollte selbst wissen, wie es für sie weitergeht und was aus ihr wird. Und so fand ich in einer Zeit, die für meine Familie und mich eine absolute Ausnahmesituation war, Trost und Kraft im Schreiben dieser Geschichte.

Aus Eileen, der überforderten, zickigen Rivalin und späteren Heldin, wurde Eileen, die Kämpferin, die für sich selbst und ihre Überzeugungen eintritt – auch gegen den Strom. Und das ist vielleicht das Wichtigste. Dass man sich selbst findet und sich dann treu bleibt.

Ich hoffe, du hattest viel Freude beim Lesen – und vielleicht treffen wir uns in einem meiner nächsten Bücher wieder.

Natürlich hatte ich auch bei diesem Buch ganz wunderbare Hilfe, Unterstützung und Inspiration und möchte meinen Dank aussprechen für:

Carsten, meinen lieben Mann, der wie durch ein Wunder überlebt hat. Danke fürs stetige Weiterkämpfen und Mut machen – und dass du immer an mich geglaubt hast!

Eva, unsere wunderbar tapfere Tochter. Ohne dein kritisches Hinterfragen der Figuren und ihrer Handlungsgründe würde ich wahrscheinlich immer noch am Plot verzweifeln.

Mein herzliches Dankeschön geht an Lara Hofmann, meine engagierte und langjährige Lektorin. Du behältst einfach immer den Fokus und enttarnst, wenn ich mal wieder in den Erzählmodus rutsche.

Vielen lieben Dank an meine Coverdesignerin Chrissy Bouzrou für dieses wunderschöne und emotionale Cover, das diesen Roman in einem Bild widerspiegelt.

Liebe Freunde und Familie, auch euch ein dickes Dankeschön! Denn die besten Ideen entstehen aus guten Gesprächen und schönen Begegnungen.

PS: Wenn dir das Buch gefallen hat, freue ich mich sehr auf deine Rezension auf Amazon und sage jetzt schon „Danke“ dafür.

Printed in Poland
by Amazon Fulfillment
Poland Sp. z o.o., Wrocław
09 October 2025

8ce0f854-5f47-4972-a99b-6a607ed35a90R01